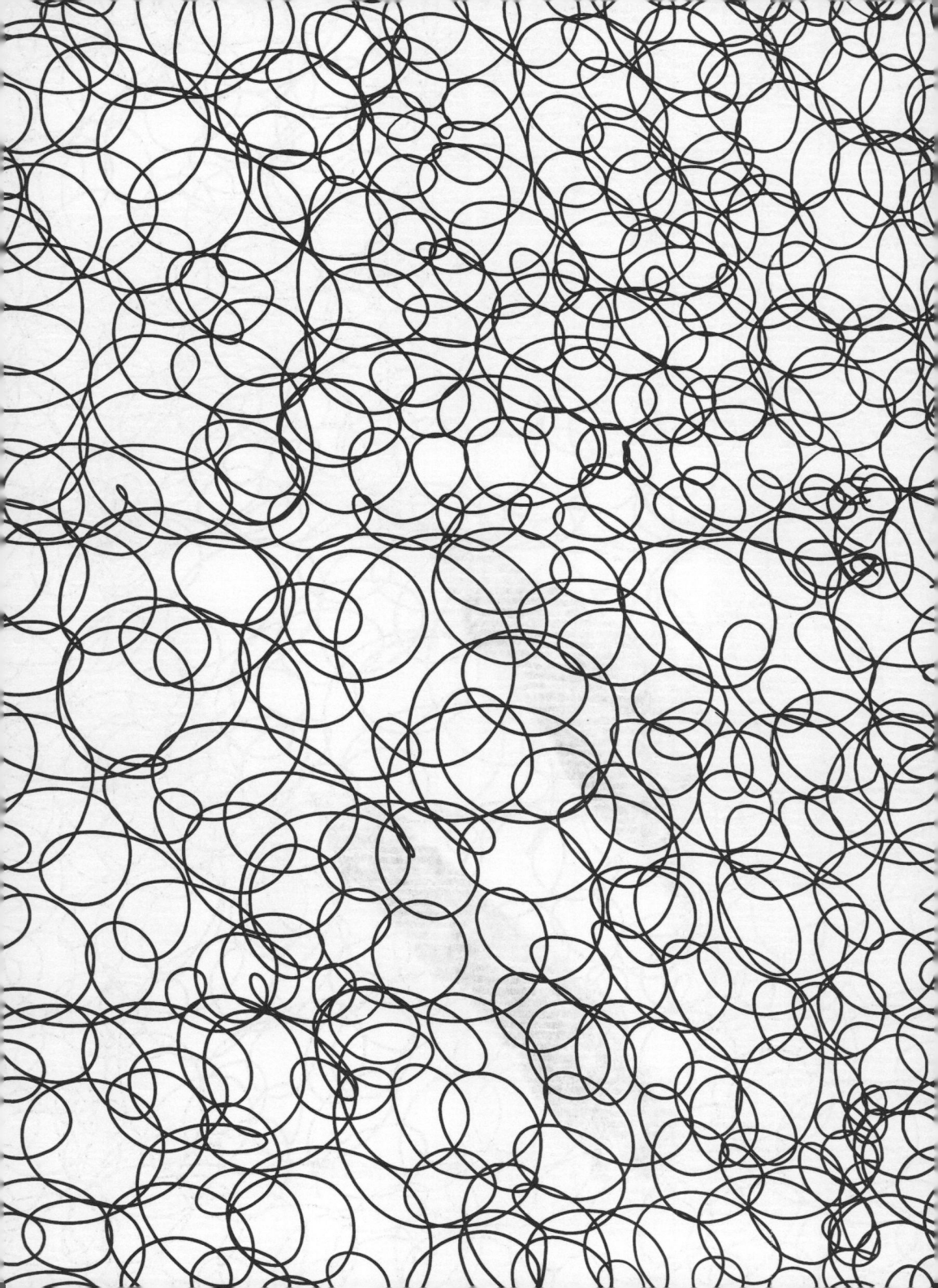

Almut Tina Schmidt
Das Ding der Unmöglichkeit

Almut Tina Schmidt

DAS DING DER UNMÖGLICHKEIT

Mit Bildern von
Franziska Biermann

1. Auflage 2010

Copyright © 2010 Gerstenberg Verlag, Hildesheim
Alle Rechte vorbehalten
Illustrationen © Franziska Biermann
über Agentur Susanne Koppe, Hamburg
Druck und Bindung: CPI – Ebner & Spiegel, Ulm
Printed in Germany

www.gerstenberg-verlag.de

ISBN 978-3-8369-5282-8

Inhalt

1. Philipp

Etwas Glitzerndes lag auf der Straße. Wie ein Geldstück sah es nicht aus, dennoch freute Philipp sich. Er hatte an diesem Morgen schon acht Flaschen und ein paar Holzlatten gefunden. Flaschen waren gut. Vor allem Pfandflaschen. Und mit Holzlatten ließ sich auch immer irgendwas anfangen. Aber etwas richtig Wertvolles fand Philipp selten. Dabei ging er oft auf die Suche. Denn seine Eltern beteuerten zwar regelmäßig, ihm Taschengeld zahlen zu wollen, nur kamen sie leider selten dazu.

Also hatte er sich angewöhnt, überall leere Flaschen und Getränkedosen einzusammeln sowie alles andere, worauf es Pfand gab oder was ihm einfach gefiel. Einmal hatte er für eine Brosche, die er aus einer Pfütze gefischt hatte, sogar Finderlohn bekommen. Jetzt war er gespannt, was da vor ihm im Sonnenlicht glänzte. Doch noch bevor Philipp näher herangehen konnte, kam ein zotteliger schwarzer Hund angestürmt.

Nun war es nicht so, dass Philipp keine Hunde mochte. Nein, nein, er schätzte sie sehr – aus sicherer Entfernung.

Doch dieser Hund schien sich ausgerechnet auch für das glitzernde Ding auf der Straße zu interessieren. Er schnappte danach und schon war es in seinem Maul verschwunden. Nur ein kleines Ende ragte noch heraus.

Aber gut, sollte der Hund das Ding haben – solange er Philipp nur in Ruhe ließ. Doch genau das schien er nicht vorzuhaben: Er beschnupperte Philipp, rempelte ihn an und tollte immer wilder um ihn herum. Jedes Mal wenn er wieder in vollem Tempo auf Philipp zugerast kam, stand der stocksteif und wagte nicht, sich zu rühren. Er sagte sich, dass der Hund das Ding noch zwischen den Zähnen hielt und ihn deshalb schon nicht beißen würde; zumindest nicht sofort, sondern erst, nachdem er es entweder ausgespuckt oder runtergeschluckt hätte. Und dass er wahrscheinlich nur spielen wollte. Doch das konnte ihn kaum beruhigen. Schließlich liebten Hunde meistens genau die Spiele, die Philipp gar nicht mochte. Und kein Herrchen oder Frauchen war in Sicht.

Wegrennen ging nicht. Der Hund war groß, mit langen, kräftigen Beinen; es wäre unmöglich, ihm zu entkommen. Also versuchte Philipp, sich nur ganz langsam und allmählich zu entfernen. Er bewegte sich möglichst unauffällig. Und tat dabei so, als hätte er gerade etwas ganz anderes im Kopf, zupfte an den Trägern seines prall gefüllten Rucksacks, sah mal auf seine Armbanduhr, mal hoch zum Himmel – und als er nun endlich zwei Schritte machte, prallte er gegen ein Hindernis. Ein dicker Metallpfosten, der ihm bis zum Bauch reichte, versperrte ihm den Weg. Verdutzt sah Philipp sich um. Er hatte dieses Teil zuvor nicht gesehen. Es war ein stabiler roter Pfosten mit zwei kurzen Armen links und rechts. Philipp kannte solche Dinger, das war ein – ja, genau, das war ein Hydrant! An seinen Armen konnte die Feuerwehr Löschwasser abzapfen, dazu war er da. Als Philipp sich jetzt umsah, fielen ihm noch mehr Hydranten in der Straße auf. Sie standen erstaunlich dicht hier. Vielleicht brannte es oft in dieser Gegend.

Bevor Philipp sich darüber weitere Gedanken machen konnte, kam der große Hund wieder direkt auf ihn zu. Vor Schreck schloss Philipp die Augen und erwartete den Ansturm.

Doch nichts passierte.

Als Philipp die Augen wieder öffnete, sah er, dass der Hund anderthalb Meter vor ihm stehen geblieben war und mit einem Mal nicht mehr die geringsten Anstalten machte, wild herumzutoben. Ruhig und respektvoll wedelte er mit dem Schwanz. Ansonsten rührte er sich nicht.

Merkwürdig. War auf einmal sein Frauchen oder Herrchen aufgetaucht? Philipp konnte niemanden sehen. Oder wollte der Hund ihn täuschen? Um ihn gleich umso heftiger anzufallen? Philipp wusste, warum er keine Hundespiele liebte. Und schon öffnete der Hund seine Schnauze – aber nicht, um die Zähne zu zeigen, sondern nur, um das glitzernde längliche Ding herausfallen zu lassen, das er Philipp vor der Nase weggeschnappt hatte. Mit einer kleinen Bewegung seiner Pfote schubste er Philipp das Ding auch noch zu und sah ihn mit ernsten Augen freundlich an. Dann trollte er sich. Auf einmal schien er nicht mehr das geringste Interesse an seiner Beute und auch keines mehr an Philipp zu haben.

Der sah ratlos hinter ihm her. Schließlich hob Philipp das Ding auf. Es war eine Art kurzer, dünner Stab aus einem silbern glänzenden Metall, mit seltsamen Ausbuchtungen und Vertiefungen. Nichts Besonderes, vielleicht die abgebrochene Lanze von einem Spielzeugweltraumritter oder eine Achse von einem Modellauto, irgendwas Technisches – obwohl jetzt sicher nichts mehr damit anzufangen war. Der Hund hatte gründlich darauf herumgekaut.

Fast hätte Philipp das Ding wieder weggeworfen. Aber man konnte nie wissen, was man noch brauchen würde. Also steckte er es in seine linke hintere Hosentasche. Dann machte er sich mit seinen gesammelten Schätzen auf den Rückweg.

2. Unmöglich

Tante Sibylle erwartete Philipp an der Haustür. Er hatte gehofft, seine Beute unauffällig in ihren Keller bringen zu können. Aber nun sah sie sofort, was er alles anschleppte. „Na", fragte sie, „hast du wieder Müllabfuhr gespielt? Also, ehrlich gesagt, finde ich das ja unerträglich. Ich habe deinen Eltern zwar versprochen, dich vorübergehend bei mir aufzunehmen, solange sie unterwegs sind – sie haben mir allerdings nicht gesagt, dass das bedeutet, auch noch eine ganze widerliche Schrotthalde zu beherbergen! Zu Hause kannst du das machen – aber nicht bei mir!"

„Ich tu nur was für die Umwelt", murmelte Philipp.

„Darum kümmern sich schon genug Erwachsene, die etwas davon verstehen", schimpfte seine Tante. „Oh, wenn ich diesen abscheulichen Rucksack nur sehe ..."

„Die Pfandflaschen bringe ich sofort weg", versprach Philipp. „Und mit den Holzlatten kann man echt tolle Sachen machen. Mama braucht so was immer für ihre Bühnenbilder."

Der Ton seiner Tante wurde scharf: „Ich baue aber keine

11

scheußlichen Bühnenbilder und leite auch kein albernes Puppentheater. Und wenn doch, würde ich darauf achten, dass ich mir eine anständige Ausstattung leisten könnte. Dieses erbärmliche Pfandflaschensammeln hast du übrigens gar nicht nötig, solange du bei mir zu Besuch bist."

Damit hatte Tante Sibylle sogar recht. Philipp hätte in diesen Wochen nichts sammeln müssen – zumindest nicht zum Geldverdienen. Im Gegensatz zu seinen Eltern zahlte Tante Sibylle Philipp Taschengeld, pünktlich und reichlich. „Bei mir kannst du dich nicht beklagen", rief sie.

Das konnte Philipp, was diesen Punkt betraf, tatsächlich nicht – schon allein deshalb, weil seine Tante ihn gar nicht mehr zu Wort kommen ließ. Sie hörte zwar nach einer Weile auf zu schimpfen, aber sie redete trotzdem weiter. Sie wechselte nur das Thema: „Unmöglich, wie diese Frau sich anzieht!", rief sie und deutete durch die immer noch geöffnete Haustür nach draußen. „Siehst du – da? Da?"

Philipp hatte nicht das geringste Interesse an der Frau auf der Straße. Er fand es einfach nur peinlich, wie seine Tante so laut über Leute reden konnte, die gerade vorbeigingen. Mit aller Kraft drängte er seine Tante tiefer ins Haus hinein und zog die Tür zu. Doch Tante Sibylle ging sofort zum nächsten Fenster und starrte fasziniert hinaus. „Wie sie läuft! Einfach unmöglich! Und dann die Gartenzwerge! Sie hat tatsächlich Gartenzwerge! Natürlich ganz besonders hässliche!" Tante Sibylle schüttelte sich. „Dabei besitzt sie nicht einmal einen Garten! Aber statt diese grässlichen Dinger in ihrer

Wohnung zu verstecken, fährt sie sie jeden Tag spazieren! In einem Kinderwagen! Wie albern! Siehst du – da!"

Philipp dachte nicht daran zu gucken. Er nutzte den Moment, um seinen Rucksack in der Nähe der Kellertreppe abzustellen. Seine Tante starrte weiterhin kopfschüttelnd auf die vorübergehende Nachbarin: „Morgens geht sie los, mittags kehrt sie zurück. Aber sie wird bald wieder aufbrechen und bleibt dann weg bis zum frühen Abend. Ich beobachte das genau. Und immer mit diesen lächerlichen Gartenzwergen. Das ist doch nicht normal! Jetzt guck mal! Schon dieser Kinderwagen ist einen Blick wert, so etwas von alt und abgenutzt! Komm, schnell! Gleich ist sie um die Ecke."

„Na, umso besser." Hoffentlich würde seine Tante dann wenigstens eine Pause machen.

Philipp hatte sich zu früh gefreut. Sie hörte nicht auf zu quasseln. Dabei hätte Philipp auch gern etwas erzählt, von seinem seltsamen Erlebnis mit dem großen Hund zum Beispiel. Oder zumindest von den vielen Hydranten, die ihm begegnet waren.

Doch als er davon anfing, rief seine Tante gleich: „Solche Viecher interessieren mich nicht."

„Hydranten sind keine Tiere", widersprach Philipp.

„Das habe ich auch nicht behauptet", sagte Tante Sibylle eingeschnappt. „Aber allmählich wird es mir unheimlich, wofür du dich so alles interessierst. Du hast nichts als Blödsinn im Kopf! Genau wie deine verantwortungslosen Eltern! Die wissen auch nicht, was sie tun."

Philipp ertrug das nicht länger. „Hör auf! Bitte sei ruhig, wenigstens für einen Moment", flehte er seine Tante an.

Sie hörte nicht einmal zu. Sie redete und redete und redete. Bis ihr Gesicht blau anlief. Aber sie redete trotzdem weiter. Philipp versuchte, sie abzulenken. Er deutete mit großen Augen und aufgerissenem Mund zur Zimmerdecke, so als ob dort etwas wäre, irgendetwas Schreckliches – sie sah nicht einmal hin. Dann tat er so, als sei ihm schlecht. Aber auch das schien sie gar nicht zu merken. Nichts konnte sie am Weiterreden hindern.

Philipp griff zum allerletzten Mittel. Von hinten schlich er sich an seine Tante an und –

„Hör auf, mir den Mund zuzuhalten!", rief sie und schüttelte ihn ab.

Da rannte Philipp hinaus.

„Komm zurück, unerträglicher Junge!", rief Tante Sibylle ihm nach. „Komm zurück! Ich muss dir noch was sagen!" Dann zuckte sie die Achseln und griff zum Telefon. Sie rief eine Freundin an. Denn sie musste einfach weiterreden. Es war stärker als sie, sie konnte nichts dagegen machen; selbst wenn sie gewollt hätte. Und so erzählte sie ihrer Freundin am Telefon alles, was ihr noch zu sagen einfiel. Und als die Freundin genug davon hatte und auflegte, redete Tante Sibylle mit sich selbst.

Wenigstens musste Philipp sich das alles nicht mehr anhören. Er ging durch die Straßen, die Sonne schien und er war froh, seine Ruhe zu haben.

Nur allmählich wurde es langweilig, allein herumzulaufen. Er hatte keine Lust, noch mal Pfandflaschen sammeln zu gehen. Das würde doch nur wieder Ärger geben.

Es war wichtiger, dass er auf den Weg achtete. Schließlich war er bei Tante Sibylle nur zu Besuch und kannte die Stadt, in der sie wohnte, kaum. Auch in der Straße, durch die er gerade ging, war er noch nie gewesen. Besonders anheimelnd sah sie nicht aus. Niemand schien hier zu wohnen. Links und rechts gab es nur Büros und einige wenige Läden: ein Gardinengeschäft, einen Friseurbedarfshandel und einen Tierfuttergroßmarkt. Und eine Taxizentrale. Die Straßenränder waren mit Autos zugeparkt, doch von den Menschen, die sie dort abgestellt hatten, war nichts zu sehen. Dafür gab es umso mehr Hydranten. Philipp war noch nirgends so vielen begegnet wie in dieser Straße. Je mehr er sich umschaute, desto mehr Hydranten entdeckte er. Vor einem Gebäude standen sie besonders dicht. Es war viel niedriger als die Bürohochhäuser rechts und links, ein kleiner grauer Bungalow mit sieben Satellitenschüsseln und mindestens fünfzig Antennen auf dem Dach. Vor dem Haus war eine Art Vorgarten, ein schmaler Streifen mit dürrem Gras und einem vertrockneten Ginsterbusch. Und neben dem Ginster – aber, nein, das konnte nicht sein, das passte nicht hierher. Philipp rieb sich die Augen. Tante Sibylle musste ihn mit ihrem Gerede ganz verrückt gemacht haben. Jetzt sah er auch schon Gartenzwerge. Und noch dazu keine normalen Gartenzwerge. Denn wenn Philipp nicht alles täuschte, dann hatte der eine soeben geniest.

Starr wie ein echter Gartenzwerg blieb Philipp stehen. Jetzt rührten sich auch die Gartenzwerge nicht mehr. Zwei waren es, ein dicker Zwerg und eine dünne Zwergin, beide mit Zipfelmützen. Ihre rotwangigen Gesichter waren zu einem steifen Grinsen verzogen, die Arme in die Seiten gestemmt. Diese beiden Gestalten konnten sich doch nicht bewegt haben. Nein, Philipp musste sich getäuscht haben.

Aber als er weitergehen wollte, regten sie sich wieder. Ihr Grinsen wurde lebendiger, Erleichterung machte sich auf ihren Gesichtern breit. Zumindest kam es Philipp so vor. Er beschloss, die beiden auszutricksen. Philipp ging los; doch nach wenigen Schritten drehte er sich um. Gerade rechtzeitig, um zu sehen, wie die Gartenzwergfrau den Gartenzwergmann anstupste. Offensichtlich war sie nicht damit einverstanden, dass er nun ganz unverhohlen herumhampelte.

Als Philipp zu den beiden zurückkehrte, standen sie natürlich wieder stocksteif da. Aber er hatte ohnehin nicht erwartet, so mir nichts, dir nichts mit zwei Gartenzwergen ins Gespräch zu kommen. Stattdessen sah er sich erst mal den Bungalow mit den vielen Antennen genauer an. Vielleicht gab es eine einfache Erklärung für das seltsame Verhalten der Zwerge. Möglicherweise handelte es sich um ein Spezialgeschäft für elektronische Puppen oder Gartenroboter.

Neben dem Eingang war ein Schild angebracht, darauf stand: *Privatinstitut für besondere Angelegenheiten. Innovationen, Informationen, Inspirationen, Inventionen, Interventionen und Hilfe aller Art.* Und da Philipp zumindest das, was er von diesen Ausdrücken kapierte, zweifellos brauchen konnte, drückte er auf die Klingel neben der Tür. Nach einer Weile summte der Türöffner. Philipp stieß die Eingangstür auf und ging hinein. Und riss die Augen auf. Denn das war unmöglich!

3. Das unmögliche Institut

Er stand in einer riesigen Halle. Dieser gewaltige Raum konnte doch unmöglich in den mickrigen, kleinen Bungalow passen, in den er hereingegangen war. Und dennoch war Philipp nun hier drin. Ganz klein kam er sich vor, so hoch war die Decke über ihm, so weit war der Raum.

Er brauchte Zeit, um alles zu überblicken. Am Eingang standen schwarze Schreibtische, voll mit Computern, Kabeln, Kabelbindern, Kaffeetassen, Kartons, Kisten und Körben mit Briefen und anderen Papieren. Weiter hinten gab es weiße Arbeitstische mit Mikroskopen, Stethoskopen, Teleskopen und vielen anderen wissenschaftlichen Geräten und Apparaturen: Zentrifugen, Teilchenbeschleuniger, kommunizierende Röhren oder was auch immer – so gut kannte Philipp sich da nicht aus. Und dahinter begannen hohe Regalwände voller Bücher und Aktenordner. Vor diesen Regalen war eine Putzfrau damit beschäftigt, den Fußboden zu wischen.

„Entschuldigung", rief Philipp ihr durch den Raum zu, „können Sie mir vielleicht sagen ..."

Doch er kam nicht dazu auszureden. Denn nun öffnete

sich eine Tür, auf der *Interaktion – Vorsicht, Lebensgefahr!* stand, und ein Mann stürmte auf ihn zu.

„Ja, bitte?", rief er, noch bevor er bei Philipp angekommen war. „Was war die Frage?"

Philipp war so überrumpelt, dass ihm die Worte fehlten. Alle Fragen, die er gehabt hatte, zum Beispiel über Gartenzwerge und Hydranten und über den Hund, der zunächst so wild und dann auf einmal so brav gewesen war, hatte er auf einmal vergessen. Und so starrte er nur den Mann an. Er war lang und dünn, hatte eine spitze Nase und ein fliehendes Kinn, neugierige grüne Augen hinter einer dicken Hornbrille und nur noch wenige wirre graue Haare. Über seinem dunkelblauen Anzug trug er einen weißen Kittel. Und am Hals eine Fliege. Die Hosenbeine waren ihm zu kurz. „Also, worum geht es?", fragte er wieder.

„Das ist hier alles so –", stammelte Philipp.

„Ja, ja, wir legen viel Wert auf unsere Einrichtung", fiel der Mann ihm ins Wort und strich sich zufrieden über die Glatze. „Oh, aber ich habe ganz vergessen, mich vorzustellen. Däncker ist mein Name, Professor Erasmus Däncker. Ich leite dieses Institut."

„So groß – es ist alles so schön groß hier drin", konnte Philipp nun seinen Satz endlich vollenden.

„Ja, ja, eigentlich war es immer ein bisschen eng, aber seit wir vor ein paar Wochen einmal gründlich entrümpelt und aufgeräumt haben, ist es doch recht wohnlich geworden." Professor Däncker lächelte zufrieden.

20

Mit einem Tritt stieß die Putzfrau, die beim Wischen allmählich näher gekommen war, ihren Putzeimer auf dem Fußboden voran. Der Professor nickte ihr freundlich zu: „Ja, ja, unsere Raumpflegerin tut natürlich auch, was sie kann. Ehre, wem Ehre gebührt!"

Die Putzfrau schaute überrascht auf. Dann entfernte sie sich langsam wieder, in ihrer Kittelschürze mit ihrem Putzeimer und ihrem Wischmob, und wischte weiter den ausgedehnten Fußboden der weitläufigen Halle.

„Aber zurück zu dir. Wo liegt das Problem?", fragte der Professor.

Und da fiel Philipp alles wieder ein. Er fing an zu erzählen: von seinen Eltern, die nach Brasilien gefahren waren und ihn für die Zeit bei Tante Sibylle untergebracht hatten. Und wie unerträglich es mit der Tante schon nach wenigen Tagen geworden war.

„Moment", unterbrach ihn Erasmus Däncker, „was ist exakt das Problem mit deiner Tante?"

„Sie redet", sagte Philipp. „Und redet. Und redet. Und redet. Und –"

„Aber was ist denn schlimm daran, dass sie ein kommunikativer Mensch ist? Also, ich zum Beispiel rede auch ausgesprochen gern."

„Sie redet zu viel. Wenn sie einmal angefangen hat zu reden, dann hört sie nie wieder auf."

Der Professor nickte begeistert: „Sie quasselt ohne Pause? Und spricht sogar im Schlaf? Und man kann mit ihr nicht darüber reden? Du kannst sie nicht einmal unterbrechen, denn sie lässt dich gar nicht zu Wort kommen? Und sie selbst sieht das gar nicht als Problem? Und will deshalb auch nichts dagegen tun? Oh, ich verstehe, ich verstehe. Ach, wunderbar."

„Überhaupt nicht wunderbar", murmelte Philipp.

„Ja, ja! Entschuldige. Ich bin nur entzückt über diese Herausforderung. Je schwieriger ein Problem, desto mehr gefällt es mir! Aber", und damit setzte Erasmus Däncker ein ernstes Gesicht auf, „ich bin auch schon dabei, darüber nachzudenken. Ja, ja, das wird nicht einfach. Genau genommen ist es so gut wie unmöglich, das Problem zu lösen."

Philipp ließ den Kopf hängen. „Dann kann man gar nichts machen?"

„Aber wieso? Das habe ich nicht gesagt", entgegnete der Professor. „Es ist zwar unmöglich, aber ich will sehen, was ich tun kann." Und er ging direkt auf das nächste Bücherregal zu und schleppte einige große Bände zu seinem Schreibtisch. Auch einen Computer schaltete er an. Für die folgende halbe Stunde war von ihm nichts mehr zu hören als Blättern, Mausklicks, Tastenklimpern und immer wieder kleine Gänge zu den Regalen und zurück.

Philipp fühlte sich ein bisschen verloren zwischen dem arbeitenden Professor und all den technischen Geräten. So viele interessante Sachen gab es in diesem Institut! Aber er traute sich nichts anzufassen.

Die Gartenzwerge fielen ihm wieder ein. Er suchte eine

Möglichkeit hinauszusehen und fand zunächst keine, denn alle Fenster waren hinter großen weißen Rollos versteckt. Schließlich hob er vorsichtig die Ecke eines Rollos in der Nähe der Eingangstür ein wenig an und blickte auf die Straße mit den vielen Hydranten und den Vorgarten. Doch im Vorgarten, genau dort, wo er vorhin die Zwerge beobachtet hatte, stand nun die Putzfrau und verdeckte ihm die Sicht.

Enttäuscht ließ Philipp das Rollo wieder sinken und schaute sich weiter im Raum um. Die Tür mit der Aufschrift *Interaktion – Vorsicht, Lebensgefahr!*, durch die der Professor hereingekommen war, stand einen Spalt offen. Als Philipp hindurchschielte, konnte er im Nebenzimmer nichts Besonderes erkennen: nur ein Sofa und einen Couchtisch und eine kleine Küche mit Kühlschrank und Kaffeemaschine. Aber es gab noch eine weitere Tür. *Achtung! Vakuum!* stand daran. Die Tür war geschlossen. Philipp zögerte lange, bis er schließlich doch auf die Klinke drückte. Und dann fielen ihm schon die ersten Sachen entgegen. Zum Glück waren es nur leere Pappkartons. Es hätten ihm auch ganz andere Sachen entgegenfallen können, denn der gesamte Raum war voller Gerümpel. Die seltsamsten Dinge stauten und stapelten sich da. Philipp entdeckte alle Arten von Werkzeug, Chemikalien in großen Flaschen, kaputte Computer, alte Drucker, Türme von CDs und Disketten, lange und kurze Rohre, dünne und dicke Kabelrollen, Modelle von Autos, die wie Wasserhubschrauber aussahen, oder von Wasserhubschraubern, die wie Autos aussahen, und von Hochhäusern, die wie Weltraumstationen aussahen, oder von Weltraumstationen, die wie Hochhäuser aussahen, Unmengen von Papier, alte Möbel, Arbeitstische voll schwarzer Flecken, Sessel mit geplatztem Polster, außerdem eine Art Riesenbrezel aus Isolierschaum, mehrere Autobatterien, einen altmodischen Kinderwagen und dahinter einen ziemlich schlappen Roboter, der Turnschuhe an den Händen trug und an ein paar Sauerstoffflaschen lehnte. Den hätte Philipp sich gern genauer angesehen. Doch in diesem Augenblick rief der Professor auf einmal laut: „Aha, aha, aha."

Philipp zuckte zusammen. Schnell schubste er die Kartons, die ihm entgegengefallen waren, wieder zurück in den *Vakuum*-Raum, schloss hastig die Tür und kehrte zum Professor zurück. Der schien gar nicht bemerkt zu haben, wo Philipp gesteckt hatte. Er sah ihn nur zufrieden an. „Gut, dass du kommst. Ich habe nämlich die Lösung! Eine ganz einfache Lösung für das Problem mit deiner redseligen Tante." Feierlich streckte er seine rechte Hand aus. Darauf lagen zwei kleine längliche gelbe Pfropfen. „Hier! Diese formschönen und bequemen Schaumstoffstöpsel sind die Lösung all deiner Probleme. Du brauchst sie dir nur in die Ohren zu stopfen – und schon hörst du deine Tante kaum noch. Sie kann reden, so viel sie will – aber dir kann es egal sein. Ist das nicht großartig?"

Philipp musste grinsen. Solche Stöpsel kannte er. Seine Mutter steckte sie sich zum Schlafen in die Ohren, wenn sein Vater zu laut schnarchte. Doch dann fiel ihm ein, weshalb ihm Ohrstöpsel bei Tante Sibylle kaum helfen würden: „Die Dinger kann man in den Ohren sehen. Wenn meine Tante sie bemerkt, reißt sie sie mir sofort wieder heraus."

Erasmus Däncker stutzte. „Ja, ja, diese Möglichkeit besteht in der Tat. Das hatte ich nicht bedacht", sagte er schließlich betroffen. Dann erhob er, gleich wieder bestens gelaunt, den linken Zeigefinger: „Ausgezeichnet! Ja, ja, du bist ein aufgeweckter Junge. Tja, dann weiß ich auch nicht weiter. Ich hatte noch überlegt, ob sich vielleicht mit manipulierten atmosphärischen Schwingungen etwas bewirken ließe oder mit therapeutischer Telepathie – doch die Forschung dazu steckt erst in den Anfängen. Bis heute Abend wird das eher nichts mehr. Es ist mir also leider unmöglich, dir zu helfen."

„Was soll ich dann machen? Ich muss irgendwann zurück." Und während Philipp das sagte, merkte er, dass er sogar ganz gern zu seiner Tante zurück wollte. Besser als in diesem seltsamen Institut mit dem merkwürdigen Professor war es bei ihr allemal. Wenn sie nur nicht so viel reden würde –

„Abwarten", sagte der Professor. „Ich kann dir zwar nicht weiterhelfen – so gern ich das tun würde! Doch ich kann nun mal nicht alles selbst machen, irgendwo gibt es auch Grenzen. Und was jenseits dieser Grenzen liegt, also wirklich Unmögliches, das wird delegiert."

„Was heißt das?"

„Nun, meine Angestellten wollen ja auch was zu tun haben, nicht wahr? Und zufälligerweise habe ich einen hervorragenden Assistenten, der gern die eine oder andere Aufgabe von mir übernimmt. Ein ungemein talentierter junger Mann."

„Und der kennt sich mit quasselnden Tanten aus?"

„Vielleicht. Vielleicht auch nicht", sagte Professor Däncker vergnügt. „Wir versprechen nie zu viel. Vorsichtshalber. Aus Prinzip."

„Aber wenn Sie denken, dass er weiter weiß –"

„Ja, ja. O ja, das kann durchaus sein. Weißt du, ich bin ein einfacher Wissenschaftler – mein Assistent dagegen, der ist ein wahres Genie. Dem fällt immer etwas ein. Irgendwas. Und manchmal hilft es sogar. Nur leider ist er zur Zeit nicht da."

„Und wann kommt er wieder?"

„Das weiß ich nicht. Das kann niemand wissen. Doktor Zufall kommt, wann er will."

4. Doktor Zufall

Und jetzt kam er zumindest noch nicht.

„Immerhin ist draußen schönes Wetter", sagte der Professor. „Bei Regen bleibt er nämlich am liebsten gleich zu Hause."

Das war doch fast so etwas wie ein Trost. Philipp fühlte sich dennoch nach wie vor unbehaglich. Erasmus Däncker dachte nämlich nicht daran, sich weiter mit ihm zu beschäftigen. Stattdessen setzte er sich an einen der Schreibtische und sah die Post in den Ablagekörben durch. Bei jedem Briefumschlag, den er öffnete, entfuhr ihm ein Seufzen.

„Was sind das für Briefe?", fragte Philipp schließlich.

„Ach, nur so das Übliche. Erwachsenenangelegenheiten. Darüber brauchst du dir keine Gedanken zu machen."

„Aha, Rechnungen", sagte Philipp. „Wenn es um Rechnungen geht, sagen meine Eltern nämlich genau dasselbe."

„Ja, ja, Rechnungen", sagte Erasmus Däncker und zerriss nebenbei vier oder fünf Briefe. „Aber nicht nur das! Außerdem habe ich hier auch Absagen! Und ich verrate dir: Die sind noch viel schlimmer. Siehst du hier? Diese Forschungsgesellschaft hat schon wieder alle meine Anträge zur Unterstützung unserer Schwerelosigkeitsstudien abgelehnt. Genauso wie die Anträge zur O-Zwei-O-Drei-Forschung."

Philipp wusste nicht, was er dazu sagen sollte. Doch der Professor redete ohnehin selbst weiter. „Es ist so schade. So schade! Was wir alles tun könnten!"

„Was machen Sie hier überhaupt? Sind Sie ein Erfinder?", fragte Philipp.

„Wenn du so willst: Ja, ja, ich bin Erfinder und Forscher – allerdings mehr Forscher als Erfinder. Vor allem beschäftige ich mich mit Grenzgebieten der Kausalität."

„Grenzgebiete –?" Philipp kam da nicht so ganz mit.

„Ja, ja. Zur Zeit konzentriere ich mich auf die Nebenwirkungsforschung. Aber das braucht dich nicht zu interessieren. Es ist nämlich sehr, sehr kompliziert. Wir bearbeiten jedoch auch ganz andere Forschungsaufträge. Ja, ja, da kommen Anfragen aller Art! Zum Beispiel hatten wir einmal einen Kunden, der wissen wollte, was seine Schildkröten träumen."

„Und das konnten Sie ihm erzählen?"

„Natürlich nicht. So etwas ist hoch kompliziert. Bisher ist nicht einmal restlos geklärt, ob Schildkröten überhaupt träumen. Aber wir konnten ihm am Ende sogar eine Filmaufnahme liefern, sodass er sich die Träume seiner Schildkröten selbst anschauen konnte."

Philipp blieb der Mund offen stehen. „Wie haben Sie das denn geschafft?"

Professor Däncker lächelte zufrieden. „Ja, ja, die Wissenschaft bringt Erstaunliches zuwege. Die Fortschritte sind so gewaltig, dass ich selbst immer wieder überrascht bin. Manchmal kann ich auch nicht erklären, warum etwas funktioniert. Wir haben wissenschaftlich korrekt gearbeitet, das ist alles, was ich dazu sagen kann. Und auf einmal war dieser Film da und hat all unsere Vermutungen bestätigt – ja, ja, so war das. Leider haben wir nicht genug Kunden wie ihn. Und der kommt so schnell auch nicht wieder. Er soll seitdem selbst sehr seltsam träumen – das war das Letzte, was ich von ihm und seinen Schildkröten gehört habe."

„Ich interessiere mich nicht so für Tiere", sagte Philipp. „Höchstens noch für merkwürdige Hunde. Und für Hydranten."

„Hydranten sind keine Tiere", korrigierte ihn der Professor. Philipp ärgerte sich ein bisschen, weil er das nun wirklich selbst wusste.

„Allerdings", fuhr Professor Däncker fort, „können sie sich anscheinend vermehren wie die Karnickel. Ja, ja, das gibt zu denken. Du scheinst mit offenen Augen durch die Straßen zu gehen."

„Na ja", schränkte Philipp jetzt ein; schließlich waren ihm die Hydranten erst aufgefallen, nachdem er direkt gegen einen gelaufen war. Doch Herr Däncker ließ sich nicht von seinem Lob abbringen: „Das ist gut, das ist sehr gut! Ja, ja, aufgeweckte Kinder, denen entgeht nichts!"

„Na ja", fing Philipp wieder an, doch dann musste er dem

Professor grundsätzlich sogar recht geben. Denn mit Sachen, die auf den Straßen herumlagen, kannte er sich ja schon aus. Er erzählte dem Professor von seinen Sammeltouren. Der war begeistert: „Ja, ja, so macht das mein Assistent auch. Mit erstaunlichen Erfolgen! Und was hast du in letzter Zeit so gefunden? Ich hoffe, nicht nur Pfandflaschen. Ist dir irgendwas besonders aufgefallen? Irgendetwas wissenschaftlich Interessantes?"

Jetzt war ja wohl die beste Gelegenheit, den Professor endlich zu fragen, ob ihm die Gartenzwerge vor seinem eigenen Institut schon mal aufgefallen seien. Doch noch bevor Philipp etwas sagen konnte, klingelte es. Und herein kam ein junger Mann, in grauem Anzug, mit blauer Krawatte und einem schwarzen Aktenkoffer. Er ging direkt auf den Schreibtisch zu, hinter dem sie saßen. „Guten Tag, Herr Professor Däncker", sagte er freundlich.

Philipp fragte sich, ob dieser Mann nun Doktor Zufall war. Doch Professor Däncker schien ihn gar nicht zu kennen. Blinzelnd sah er den Mann an: „Entschuldigung – ich komm gerade nicht drauf: Wo hab ich Sie schon mal gesehen? Sind Sie vom Wissenschaftsministerium? Oder von der Forschungsgesellschaft? Oder handelt es sich um einen Privatauftrag? Wir führen ja schließlich Forschungsaufträge aller Art durch. Da kommt so viel zusammen, Entschuldigung, manchmal kenn ich mich selbst nicht mehr aus."

„Das tut mir leid. Aber, nein, es geht hier nicht um Ihre Forschung. Ich komme von Ihrer Bank", sagte der Mann nun entschieden. „Sie haben auf unsere Schreiben schon seit Längerem nicht mehr reagiert und deshalb, denke ich, ist es an der Zeit, uns über Ihre Finanzen zu unterhalten."

„So was, so was, so was." Der Professor schüttelte betrübt den Kopf: „Und ich hab gedacht, Sie wären wegen unseres O-Zwei-O-Drei-Projekts gekommen."

„Nein, es geht konkret um Ihren Kreditrahmen." Der Mann blickte ihn weiterhin ungemein freundlich, aber ernst an. Philipp begriff nicht so ganz, was er meinte. Doch Erasmus Däncker verstand es umso besser. Er heulte auf, fast klang es wie ein Jaulen: „Aber – aber – Sie können mir doch nicht mein Geld wegnehmen!"

„Ihr Geld", und hier konnte der junge Mann von der Bank ein Lächeln nicht unterdrücken, „ist immer noch unser Geld. Und wenn wir Ihnen jetzt nicht noch mehr leihen, dann verhindern wir nur, dass Sie in ein paar Jahren unter Ihrer Schuldenlast zusammenbrechen."

Der Professor hörte aber nicht auf zu jammern. „Sehen Sie denn nicht", rief er, „sehen Sie denn nicht, was wir hier alles tun? Wir geben alles, von morgens bis abends und von abends bis morgens, Tag und Nacht, für die Wissenschaft! Wir können so viel erreichen! Wenn wir nur die Mittel haben! So ein Privatinstitut ist nun mal nicht einfach zu organisieren. Wenn Sie uns jetzt nicht mehr helfen – nein, das können Sie nicht machen! Unser aller Zukunft liegt in der Bildung! In der Wissenschaft! In der Forschung! Das ist doch der Fortschritt! Und es kostet nicht viel! Nur die Stromrechnung für die Geräte – und natürlich die Personalkosten", dabei deutete er auf die Putzfrau, die gerade einen Arbeitstisch abwischte und kurz hochschaute.

„Tut mir leid. Aber wir sind kein wohltätiger Verein für Stromrechnungen und Personalkosten. Wenn Sie so dringend Geld brauchen, dann sollten Sie sich besser nicht länger mit irgendwelchen O-Zwei-O-Drei-Forschungen befassen. Erfinden Sie lieber eine Geldmaschine", schlug der Mann von der Bank vor. „Statt immerzu uns für eine zu halten."

Erasmus Däncker schnappte nach Luft: „Aber haben Sie denn eine Ahnung, was Sie der O-Zwei-O-Drei-Forschung damit antun? Und der – der – der internationalen Schildkrötentraumdeutung? Und der angewandten Telepathie? Und der Quasseltantenforschung?" Hier klopfte er Philipp auf die Schulter; es sollte zuversichtlich und selbstsicher wirken, doch Philipp spürte, wie die Hand des Professors dabei zitterte. Seine Stimme hörte sich auch ganz dünn an, als er fortfuhr: „Und was ist mit meiner Nebenwirkungsforschung? Der Schwerelosigkeitsforschung? Der Grundlagenforschung? Der Drittmittelforschung? Der Forschungsforschung?"

Nun wurde der Ton des Manns von der Bank scharf: „Ihre angeblichen Forschungsprojekte interessieren mich nicht! Sie lenken doch nur davon ab – dass Sie hier nichts tun! Überhaupt nichts tun Sie hier!"

Diesmal warf die Putzfrau, die inzwischen mit einem Staubwedel über Mikroskope und Teleskope fuhr, ihm einen längeren Blick zu.

„Und was Ihr Personal betrifft“, und hier grinste der Mann und sah nun seinerseits zur Putzfrau hin und dann durch den großen leeren Raum, „so sind die wohl alle auf Forschungsreise? Aber Sie brauchen vermutlich auch keine Angestellten, wenn Sie ohnehin kaum Aufträge haben. Denn das ist doch die Wahrheit! Sie brauchen auch nicht so viele Geräte. Und nicht so viel Platz für Ihre sogenannte Wissenschaft.“

„Aber“, rief der Professor, „das ist eine Unverschämtheit!“

„Das ist die Wahrheit. Und wir unterstützen diesen Luxus hier nicht mehr, bis Sie bewiesen haben, dass Sie seriöse Aufträge haben! Dann ließe sich unter Umständen über neue Kredite reden. Doch bis dahin dürfen Sie nicht weiter mit uns rechnen. Auf Wiedersehen.“ Mit diesen Worten nahm der Mann von der Bank seinen Koffer und ging zum Ausgang. Die Putzfrau hielt ihm die Tür auf.

Genau in diesem Moment kam ein zweiter junger Mann, im grauen Anzug, mit blauem Schlips, einem Motorradhelm auf dem Kopf und einem schwarzen Aktenkoffer in der Hand, hereingeflogen. Mit dem Kopf voran, den Füßen zuletzt sauste er durch die Tür und rief: „Großartig! Großartig!“

Der Professor rief: „Herr Staatssekretär! Endlich! Auf Sie hab ich gewartet! Dann unterstützen Sie unsere O-Zwei-O-Drei-Forschung?“

Der Staatssekretär war inzwischen mit einem Regal zusammengeprallt und auf den Boden gepurzelt. Einen Moment lang guckte er verdutzt vor sich hin, doch dann rief er laut: „Ja, natürlich! Was denken Sie denn? Ich würde alles tun für die O-Zwei-O-Drei-Forschung! Ebenso für die Schwerelosigkeitsforschung! Oder die Forschungsforschung! Deswegen bin ich doch hier!"

Der Mann von der Bank sah den Neuankömmling irritiert an: „Also gut. Ich werde die Angelegenheit noch einmal mit meinen Kollegen besprechen", sagte er schließlich. Dann ging er mit schnellen Schritten hinaus. Die Putzfrau schloss die Tür hinter ihm. Professor Däncker rieb sich die Hände. „Großartig! Großartig!", rief nun auch er.

Der Staatssekretär dagegen kümmerte sich kaum um die anderen. Er nahm seinen Helm ab, rieb sich den Kopf, dann öffnete er seinen Aktenkoffer und holte einen Haufen Abfall heraus: Kronkorken, alte Feuerzeuge, zerbrochene CDs, kaputte Handys, kurze und lange, verbogene und gerade Drähte und einen vertrockneten Blumenstrauß – viel mehr Schrott, als Philipp sich jemals trauen würde anzuschleppen; bei Tante Sibylle auf keinen Fall und nicht einmal zu Hause bei seinen Eltern. Aber der Staatssekretär legte alles einfach auf den nächsten Schreibtisch und schien sehr zufrieden damit.

„Haben Staatssekretäre immer so viel Müll dabei?", fragte Philipp den Professor leise.

„Nein, nein, ach, nein, ich hab doch nur so getan, als wär das der Staatssekretär aus dem Forschungsministerium. In Wirklichkeit ist das mein Assistent. Darf ich vorstellen: Doktor Zufall. Zufälligerweise genau im richtigen Moment eingetroffen."

5. Antiquasselextrakt

„Und so seriös gekleidet!", fügte der Professor hinzu.

„Toll, nicht wahr?", rief Doktor Zufall. „Ja, diesen kleinen Koffer – sehen Sie, hier! –, den hat gestern ein Freund bei mir vergessen. Ich hatte keine Ahnung, was drin war, aber ich wollte ihm seinen Koffer natürlich zurückbringen. Und bei dem schönen Wetter habe ich heute früh beschlossen, das sofort zu tun. Doch auf dem Weg habe ich so viele interessante Dinge gefunden, dass ich den Koffer selbst brauchen konnte. Leider steckte schon was drin. Nämlich dieser Anzug, mit Hemd und Schlips. Und weil ich nun mal einen leeren Koffer brauchte, hab ich den Anzug angezogen, einfach übergezogen über das, was ich schon anhatte – und, ob Sie es glauben oder nicht: Er hat perfekt gepasst."

„Oh, wir glauben es; das können wir ja sehen", rief der Professor. „Und er hat Ihnen ja sozusagen auch Flügel verliehen!"

„Ach, der Schwung, mit dem ich hier gelandet bin, oh, nein, der hatte andere Gründe. Ich bin an einem Spielplatz vorbeigekommen, an einem gewöhnlichen Kinderspielplatz.

Seit zwanzig Jahren bin ich auf keinem Kinderspielplatz mehr gewesen! Aber heute bekam ich seltsamerweise plötzlich Lust, mich auf der einen Seite der Wippe auf den Sitz – nein, nicht zu setzen, sondern zu stellen. Kleine Balanceübung. Mit Schlips und Kragen und Koffer in der Hand. Und den Motorradhelm, den dieser Freund auch bei mir vergessen hatte, auf dem Kopf – zum Glück! Tja, denn gerade als ich es geschafft hatte, mich so hinzustellen, ausgerechnet in diesem Moment ist ein Kühlschrank von sehr hoch oben runtergesaust und genau auf die andere Seite der Wippe gekracht. Und das hat mich glatt hier reinkatapultiert. Dabei wollte ich noch gar nicht zur Arbeit kommen! Jetzt muss ich die Sachen aber schnell zurückbringen." Und blitzschnell zog er seinen Anzug aus. Darunter trug er ein nicht mehr ganz sauberes T-Shirt mit der Aufschrift *Hoppla, hier komm ich* und eine Trainingshose. Nun sah er überhaupt nicht mehr wie ein Bankangestellter aus, allerdings auch nicht wie ein Wissenschaftler, mit seinem fröhlichen Gesicht und seiner schlanken Figur; eher wie ein Sportler. Gut gelaunt faltete er Hemd und Anzug zusammen und verstaute sie im Köfferchen. „Also, dann – bis später!", rief er und wollte gehen.

Doch Erasmus Däncker hielt ihn auf. „Nein, nein, nein, hiergeblieben! Koffer und Motorradhelm können Sie nachher noch zurückbringen. Es gibt hier etwas zu tun! Wir haben ein Problem!"

Doktor Zufall schien wenig begeistert. Er rieb sich nun wieder den Schädel und murmelte etwas von Kopfweh und von seinem Freund, der sicher schon warte. „Und außerdem haben Sie immerzu Probleme, Herr Däncker. Wenn es danach ginge, käme ich ja nie von hier weg."

„Ja, ja. Es geht hier aber nicht um eines meiner Probleme, werter Herr von und zu Fall, sondern um diesen jungen Herrn hier." Der Professor schob Philipp nach vorn und Philipp erzählte noch einmal das ganze Elend mit Tante Sibylle.

Doktor Zufalls Augen begannen zu leuchten. „Das wird schwierig, ohne größere Aktionen und Operationen wird das sogar sehr schwierig – doch für so was sind wir ja da. Ja, da müssen wir was unternehmen!", rief er und probte schon mal seine Muskeln.

„Aber Sie dürfen meiner Tante nicht wehtun", sagte Philipp.

„Selbstverständlich nicht", versicherte ihm der Assistent, lief zum nächsten Arbeitstisch und mit zwei Handbewegungen hatte er eine Flamme entfacht. Anscheinend war in dem Tisch eine Art Gasherd eingebaut. Doktor Zufall nahm einen großen Glaskolben, gab ein paar Pülverchen und Flüssigkeiten hinein und hielt ihn an einer Zange in die Flamme. Sofort schmolz das Zeug im Kolben und fing übel an zu stinken. Doktor Zufall schien das nicht zu stören. Er pfiff fröhlich vor sich hin.

„Was ist da drin?", fragte Philipp.

„Ach, nur ein bisschen dies und das – oder das?" Und Doktor Zufall fügte schnell noch das eine oder andere hinzu: eine Prise von einem weißen Pulver, dazu etwas violette Flüssigkeit, dann ein Stückchen von etwas, das aussah wie grün-graue Knete. Er schnupperte: „Hm, das reicht nicht. Hmm, was nehme ich noch?" Suchend sah er sich um. Schließlich rief er: „Pfiffi! Komm, Pfiffi!"

Leere Kartons flogen in den Raum, als sich nun die Tür zum *Vakuum* öffnete: Hinter der Tür kam langsam der schlappe Roboter hervorgerollt. Doktor Zufall ging ihm entgegen und zog ihm die Turnschuhe von den Händen. Und da kam der Roboter in Fahrt. Er fing an, mit seinen langen Metallfingern wahllos um sich zu greifen und Doktor Zufall zuzuwerfen, was er zu fassen bekam: Papiere, Taschentücher, Gummiringe und Blumen aus dem vertrockneten Strauß. Und Doktor Zufall steckte alles, was auch nur irgendwie hineinpasste, in den Glaskolben. Es sah so aus, als ob er gar nicht mitbekam, was er da alles zusammenmixte. Der Professor allerdings gab genau acht und schrieb alle Zutaten in ein großes Notizbuch.

Mehr und mehr Stoffe, alle möglichen Farben vermischten sich in dem Glaskolben. Es schmolz und kochte und spritzte. Und es stank immer grauenhafter. Philipp wurde beinahe schlecht. Die Putzfrau ging hustend und türenknallend nach draußen. Doch der Professor beobachtete seinen Mitarbeiter voll Stolz. „Ja, ja, er ist ein experimenteller Charakter", flüsterte er Philipp zu. „So arbeitet er immer. Man nennt es das Zufallsprinzip. Du siehst, meinem Assistenten und diesem Pfiffi, seinem elektronischen Assistenten, den beiden fallen Dinge ein, auf die ich nie kommen würde. Was die alles schon gemeinsam geschafft haben! Da gab es zum Beispiel zwei Kunden, die gern mal einen Tag lang ihre Persönlichkeit tauschen wollten. Beste Freunde, seit Jahren, und jetzt wollten sie wissen, wie es sich anfühlt, der jeweils andere zu sein. Ein unlösbares Problem, unmöglich, habe ich damals gedacht, das geht doch nicht, man ist doch, wer man ist!"

„Ja", sagte Philipp und hielt sich wegen des Gestanks die Nase zu, „das hätte ich auch gedacht."

„Aber sie haben es geschafft. Sie haben es geschafft, dass beide jeweils aus sich raus- und in den anderen reingeschlüpft sind. Und auch wieder zurück!"

„Und wie?"

„Da hat einmal mehr das spezifische Genie von Doktor Zufall sich durchgesetzt. Ein paar Experimente – und dann war natürlich auch die Hilfe eines Ex- und Inkorporationskatalysators entscheidend, den er zufällig auf der Straße gefunden hatte."

„Der lag auf der Straße rum?"

„Ja, das war wirklich ein Glück!"

Philipp fragte sich, ob er so ein Ding überhaupt erkannt hätte. Aber bevor er noch mehr darüber hätte erfahren können, stieg eine trichterförmige dunkle Wolke aus dem Glaskolben auf, die größer und größer wurde. Es stank grauenhaft. Und im Glaskolben und erschreckenderweise auch in der Luft über dem Glaskolben gab es eine Reihe kleiner Explosionen. Philipp wäre am liebsten davongerannt, um sich in Sicherheit zu bringen. Doch er riss sich zusammen. Der

Professor merkte allerdings, dass es ihm schwerfiel dazubleiben. Besorgt sagte er: „Ja, ja, du denkst vielleicht, wir seien nicht seriös; aber ich versichere dir, wir haben zwar Geldprobleme –"

Was diesen Punkt betraf, winkte Philipp ab. „Ach", sagte er, „das kenn ich nur zu gut; meine Eltern haben auch immer Probleme mit der Bank." Und das hatte, wie ihm nun einfiel, auch etwas Gutes. Es fiel ihm leichter zu gestehen, wenig Geld zu haben, als zuzugeben, dass er es in diesem Gestank nicht länger aushielt. Und sicher schmiss ihn der Professor sofort raus, wenn er begriff, dass Philipp ihm kaum etwas zahlen konnte. „Ich habe – kkkch – kkkkchchch", Philipp musste husten vor lauter Qualm. Erst nach einer Weile konnte er weitersprechen: „Ich habe nur mein Taschengeld und etwas Flaschenpfand. Ich kann Sie gar nicht bezahlen."

Der Professor nickte freundlich: „Ja, ja, das hatte ich auch nicht erwartet, junger Mann. Nein, nein. Bei Erwachsenen legen wir selbstverständlich Wert auf angemessene Honorierung. Und bei reichen Kindern natürlich auch. Aber in deiner Situation – nein, da müssen wir einfach was tun, schon aus reiner Solidarität."

Wäre die Luft im Raum inzwischen nicht so fürchterlich von Doktor Zufalls Experiment verpestet gewesen, Philipp hätte geseufzt. Doch zum Seufzen muss man ziemlich tief einatmen, und das wollte er nicht riskieren. So hielt er sich weiter die Nase zu und beobachtete Doktor Zufall bei seiner stinkenden, spritzenden, dampfenden Arbeit.

Endlich ließ der Geruch nach. „Fertig!", rief Doktor Zufall und hielt Philipp und dem Professor das Ergebnis unter die Nase. In dem Glaskolben war alles zu einer dunklen Flüssigkeit zusammengekocht.

„Sehr interessant!", rief Erasmus Däncker. „Beeindruckend. Großartig. Nobelpreisverdächtig! Nur – was soll das sein?"

„Antiquasselextrakt!", sagte Doktor Zufall stolz. „Das bringt die Menschheit weiter!"

Philipp starrte den allmählich erkaltenden Sud an. Auch wenn das Zeug nun nicht mehr stank: Er traute diesem Rezept nicht. Der Roboter anscheinend auch nicht. Denn das Display, das auf Mundhöhe in seinem Kopf angebracht war, leuchtete gelb auf.

„Das hilft gegen Dauerquasseln?", fragte Philipp.

„Keine Ahnung!", rief Doktor Zufall fröhlich. „Das müssen wir erst ausprobieren!"

Das Mund-Display des Roboters blinkte nun rot. Doch ohne Zögern hob Doktor Zufall den Glaskolben an seine Lippen und nahm einen kräftigen Schluck – den er im nächsten Moment in hohem Bogen wieder ausspuckte. „Igitt!", schrie er. „Nein, das kann man nicht trinken."

Womit er zweifellos recht hatte. Denn schon der kleine Rest, den er trotz Spucken und Würgen nun einmal zu sich genommen hatte, schien ihm überhaupt nicht zu bekommen. Er wurde so blass, dass sein Kopf und seine Arme fast durchsichtig wirkten. Außerdem rülpste er immer wieder heftig und stieß dabei kleine Stichflammen aus. Sie kamen ihm nicht nur aus dem Mund, sondern auch aus Ohren und Nasenlöchern.

„Eine Nebenwirkung! Wunderbar!", rief Erasmus Däncker. „Also, Stichflammen, aus Mund, Ohren und Nase. Krankhafte, ja, tödliche Blässe" – auch das notierte er gleich in sein großes Notizbuch.

Alle anderen waren geschockt und entsetzt. Die Putzfrau, die genau in diesem Moment wieder hereinkam, schlug die Hände über der Brust zusammen. Der Roboter hielt sich sogar die Kulleraugen mit seinen Metallfingern zu, um nicht mit ansehen zu müssen, wie grauenhaft sein eigenes Gebräu Doktor Zufall zurichtete.

Allmählich merkte das auch der Professor. Er seufzte: „Ja, wirklich, hochinteressant. Aber dass Sie so voreilig sind und alles gleich selbst probieren müssen! Sie sollten besser auf sich aufpassen! Sie sind schließlich der einzige, also auch der beste Mitarbeiter, den ich habe. Das wäre ein großer Verlust für die Wissenschaft!"

Die Farbe kehrte in Doktor Zufalls Gesicht zurück. Allerdings war es keine gesunde Farbe. Ganz grün sah er nun aus. Er rülpste heftig. Danach schien es ihm besser zu gehen. Zumindest redete er wieder. „Ja, das war eindeutig zu stark", murmelte er mit schwacher Stimme.

„Wirkt es denn auch?", fragte der Professor aufgeregt.

Doktor Zufall lächelte mühsam: „Ich weiß es nicht. Ich muss das unbedingt weiter erforschen. Vielleicht hat es nur

Nebenwirkungen und gar keine Hauptwirkung. Antiquasselextrakt ist es zumindest nicht geworden, vielleicht jedoch ein Antiquallenextrakt – das wäre ein dummes Versehen. Na ja, dafür lassen mich bei meinem nächsten Aufenthalt am Meer hoffentlich die Quallen in Ruhe."

„Das ist alles sehr interessant", sagte der Professor, „sehr, sehr interessant."

„Mag sein. Ich rrrufe jetzt den Notarrrzt", sagte die Putzfrau. Doch dann musste sie erst einmal zusammen mit Herrn Däncker Doktor Zufall auffangen, der in diesem Moment ohnmächtig wurde. Und so war es Philipp, der nun zum nächsten Telefon griff und die Notrufnummer wählte. „Bitte kommen Sie schnell!", rief er in den Apparat. Plötzlich fiel ihm ein, dass er die Adresse des Instituts gar nicht wusste.

Bevor er die anderen danach fragen konnte, rumpelte es an der Tür. Der immer noch hektisch blinkende Roboter öffnete und zwei Sanitäter stürmten mit ihrer Krankenwagenliege herein. Sie packten Doktor Zufall darauf und schoben ihn nach draußen. Dabei schüttelte der eine den Kopf. „Schon wieder! Der hat sich doch erst letzte Woche übel vergiftet. Können Sie nicht besser auf ihn aufpassen? Zum Glück waren wir zufälligerweise gerade in der Nähe! Leider haben wir bei der Anfahrt eine kleine Beule in Ihre Eingangstür gefahren – tut uns leid, aber wir mussten all diesen Hydranten ausweichen." Sie luden Doktor Zufall in ihr Krankenauto und sausten mit Blaulicht und Martinshorn davon. Zwei Straßenhunde machten dem Wagen respektvoll Platz.

Zurück blieben ein Roboter, ein Junge, ein Professor und eine Putzfrau – und ein Loch im Fußboden, dort, wo Doktor Zufall sein Gemisch ausgespuckt hatte. Das Loch hatte etwa den Durchmesser eines Wassereimers. Wie weit es nach unten ging, war auf den ersten Blick nicht zu erkennen. Der Professor ließ eine Büroklammer hineinfallen und lauschte. Kein Aufprall war zu hören. Nun griff er zu einem kleinen würfelförmigen Briefbeschwerer aus Marmor. Auch der verschwand lautlos und spurlos im Loch.

Der Roboter blinkte inzwischen nicht mehr rot. Dafür rollte er mit den Augen, drehte sich nervös um sich selbst und schlug die Metallhände über dem eckigen Kopf zusammen.

„Seltsam", sagte Philipp, „woher wussten die Sanitäter nur, wohin sie kommen sollten?" Der Professor zog ein nachdenkliches Gesicht. Die Putzfrau sagte schnell: „Na, die warrren eben da."

„Aber warum? Warum gerade in diesem Moment?"

„Zufall! Ein Zufall eben!" Ihre Stimme klang schrill, so aufgeregt sprach sie. „Währrrend Sie sich chierrr noch überrr die chochinterrrressanten Nebenwirrrkungen gefrrreut chaben. Ich choffe nurrr, dass derrr arrrme Kerrrl das überrrstehen wirrrd."

„Ach was. Machen Sie sich mal keine Gedanken. Nur nicht den Mut verlieren", sagte der Professor. „Das bringt nämlich nichts."

6. Phi-Phi

Alles andere brachte aber auch nichts. Weder das Starren in das Loch im Boden, noch die Verzweiflungsgymnastik des Roboters, der die Hände rang und immer wieder den Kopf von der Brust in den Nacken und vom Nacken auf die Brust warf. Und auch nicht das nervöse Wischen, Scheuern und Polieren der Putzfrau. Die hatte sich darauf verlegt, Doktor Zufalls Arbeitsplatz besonders gründlich zu reinigen. Schließlich hielt es Erasmus Däncker nicht länger aus: „Sie wischen nun schon zum achtzehnten Mal über diesen Tisch – und ich weiß das durchaus zu schätzen; Sauberkeit ist wichtig. Seit Sie hier arbeiten, Frau – Frau – wie heißen Sie noch mal?"

„Schrrrubschtschkowa", sagte die Putzfrau.

„Ja, natürlich!", sagte der Professor. „Also, wie auch immer, seit Sie hier arbeiten, läuft alles besser. In so einer aufgeräumten Atmosphäre, keimfrei und staubfrei und fusselfrei, da geht die Arbeit wie von selbst. Aber, bei allem Hang zur Hygiene, dieser Tisch wird jetzt nicht mehr sauberer! Wenn Sie etwas für uns tun wollen, dann kümmern Sie sich lieber um unsere Finanzen."

Die Putzfrau sah erschrocken auf: „Was soll ich? Die Sache mit derrr Bank chat sich doch geklärrrt!"

„Ja, ja, vorläufig! Allerdings wird dieser junge Mann wiederkommen, wie ich fürchte – und wie ich hoffe, weil wir auf sein Geld angewiesen sind. Und dann benötigen wir irgendwas Vorzeigbares."

„Mit Geldsachen will ich nichts zu tun chaben!", rief die Putzfrau und fuhr mit ihrem Scheuerlappen umso entschiedener über den armen Tisch.

„Ja, ja, Sie bearbeiten ein anderes Ressort", räumte Herr Däncker ein, „ich sage ja auch nur: Wenn Sie so freundlich wären, mir da ein bisschen behilflich zu sein. Ich fürchte, ich habe unsere Buchführung in letzter Zeit ein wenig schleifen lassen – doch ich hatte nun wirklich Wichtigeres zu tun. Aber irgendjemand muss auch Finanzierungspläne erstellen, Anträge auf den neuesten Stand bringen, na ja, irgendwie die Einkünfte aufbessern –"

„Ich soll Geld cherrrbeischaffen?"

„Auf dem Papier – nur auf dem Papier", beruhigte sie der Professor. „Also, auf dem Konto. Kommen Sie, da fällt Ihnen sicher eine Lösung ein. Interessanter als Putzen ist es allemal. Und wir brauchen schließlich Geld! Schon um Ihnen Ihren Lohn zahlen zu können. Wenn wir Sie entlassen müssten – das wäre doch zu schade, nicht wahr?"

Dann zwinkerte er Philipp zu und flüsterte: „Was hab ich dir gesagt? Unmögliches wird am besten delegiert. Soll sie das mal machen." Laut fuhr er fort: „Ja, wir sind hier schon ein großartiges Team, wir alle zusammen und jeder mit seinen spezifischen Fähigkeiten; und solange wir uns keine Sekretärin leisten können, geschweige denn eine Buchhalterin – ja? Tun Sie mir den kleinen Gefallen?"

Überrumpelt stand die Putzfrau da. Philipp hätte sich nicht gewundert, wenn sie ihren Putzlappen in die Ecke geworfen hätte und gegangen wäre. Doch Frau Schrubschtschkowa blieb. Seufzend ließ sie sich von Professor Däncker einen Stapel Unterlagen, darunter auch einige von den zerrissenen Rechnungen, aushändigen und zog sich damit zurück – in den *Vakuum*-Raum.

Befremdet sah Erasmus Däncker ihr nach: "Hm, also, wenn sie meint, dort arbeiten zu können; ich misch mich da nicht ein. Vielleicht glaubt sie ja, es sei noch irgendwo Geld zu finden. Na ja, ich hab keins hineingeschafft, aber man kann ja nie wissen. Soll sie sich um alles kümmern; ich habe zu tun. – Und du, Pfiffi, reg dich ab! Ruhig, ruhig. Das wird schon wieder."

Doch der Roboter wurde nur noch unruhiger. Inzwischen hatte er begonnen, am ganzen Körper zu zittern. Das quietschte und klapperte. Erasmus Däncker konnte noch so oft sagen: "Ruhig, Pfiffi, ruhig. Das wird schon wieder, Pfiffi! Jetzt lass mich arbeiten. Ich muss mich um dieses bemerkenswerte Phänomen in unserem Fußboden kümmern." Es half nichts. Erst als der Professor die Hand-Schuhe des Roboters aufgesammelt und wieder über seine Finger gestülpt hatte, beruhigte er sich. Er ließ seinen Maschinenpo auf den Boden plumpsen. Die schraubengespickte Wirbelsäule lehnte er an den nächsten Schreibtisch. Das Licht in seinen Augen erlosch. Zufrieden ging Erasmus Däncker zum Antiquasselextraktloch im Boden.

Doch Philipp tat der Roboter leid, schlaff und schlapp, wie er nun auf einmal da saß. „Komm", sagte er zu ihm, „nicht die Hoffnung aufgeben. Doktor Zufall wird wieder gesund. Dieses Zeug ist für Menschen sicher nicht so gefährlich wie für Fußböden."

Der Roboter reagierte nicht.

„Alles wird gut, Pfiffi. Ach komm, Pfiffi", wiederholte Philipp. Nun kehrte wenigstens ein kleines Glimmen in die elektronischen Augen zurück. Langsam hob der Roboter seinen Kopf und sah Philipp an. Eine blasse Schrift erschien auf dem Display unter seiner Nase: „ICH HEISSE PHI-PHI. ALLE SPRECHEN MEINEN NAMEN FALSCH AUS."

„Ach so. Entschuldigung, Phi-Phi", sagte Philipp. Doch der Roboter wandte sich wieder ab.

Philipp war ratlos. Er wollte den kleinen Maschinenkerl gern trösten. „Es tut mir leid", versuchte er es noch einmal, „dass das so danebengehen musste! Ich fühle mich richtig schlecht deswegen. Schließlich hat Doktor Zufall diesen Antiquasselextrakt nur für mich gemacht."

Da kam wieder etwas Leben in den Roboter. „NICHT NUR FÜR DICH! FÜR DIE FORSCHUNG!", konnte Philipp auf seinem Display lesen.

„Ach, die Forschung", seufzte Philipp. „Also, wenn Forschung solche Folgen hat, dann will ich lieber nichts mit ihr zu tun haben."

„BLÖDMANN!", stand nun auf dem Display. Philipp fürchtete, dass der Roboter gar nicht weiter mit ihm sprechen wollte. Aber das Gegenteil war der Fall. Der Roboter legte nun erst so richtig los. „JEDES EXPERIMENT IST EIN NOTWENDIGES EXPERIMENT. DER ANTI-QUASSELEXTRAKT WAR EIN WICHTIGER VERSUCH. NUR DER FALSCHE WEG."

„Aha", sagte Philipp.

„DEINE TANTE BRAUCHT KEINE MEDIZIN."

„Das hoffe ich", sagte Philipp. „Auch wenn es schon nicht schlecht wäre, wenn sie weniger reden würde."

„SIE MUSS UMPROGRAMMIERT WERDEN."

„Bitte?"

„WENN PHI-PHI NICHT FUNKTIONIERT, LIEGT DER FEHLER IM PROGRAMM. DAS PROGRAMM MUSS DANN UMGESCHRIEBEN WERDEN. WENN TANTEN NICHT FUNKTIONIEREN, MÜSSEN SIE AUCH UMPROGRAMMIERT WERDEN."

„Aber wie soll das gehen?"

Statt einer Antwort hielt der Roboter ihm seine Hände hin. Die Hände mit den Turnschuhen. Philipp wollte sie ihm schon abnehmen; doch dann zögerte er. „Willst du die nicht lieber anbehalten?"

„NEIN!"

„Hm, ich weiß nicht, was du anstellst, wenn du –"

„ABZIEHEN! – BITTE."

Es ging ganz einfach. Und kaum hatte Phi-Phi die Hände frei, kam er wieder in Fahrt. Allerdings zitterte er nicht mehr und fuhr auch nicht wild durch die Gegend oder blinkte. Stattdessen fing es auf seinem Display an zu arbeiten. Zahlen und Buchstaben tauchten auf und verschwanden wieder in unglaublicher Geschwindigkeit. Philipp konnte kaum etwas lesen, so schnell veränderten sich die Zeichen auf dem Display. Und das, was er mitbekam, verstand er nicht.

Er überlegte, den Professor um Rat zu fragen. Doch der hatte sich ganz dem Loch im Fußboden zugewandt. Mit einer kleinen Taschenlampe leuchtete er hinein. Dabei rutschte ihm seine Armbanduhr herunter. Er griff sich noch ans Handgelenk, die Uhr allerdings war bereits ins Loch gefallen. „So was Ärgerliches!", rief er. „Das war eine Sonderanfertigung – selbst entwickelt: meine erste Zeitmaschine! Als Zeitmaschine hat sie zwar leider nicht funktioniert – aber immerhin ist sie nie so gegangen wie die anderen Uhren. Hm. Hast du vielleicht irgendeinen Draht, damit ich mal nach ihr fischen kann?"

Philipp hatte keinen Draht. Nur den kleinen Metallstab, den der Hund ihm überlassen hatte, trug er immer noch bei sich.

„Hilft Ihnen das hier weiter?", fragte er.

Der Professor zögerte: „Nicht sehr aussichtsreich, bei der Länge. Aber man kann ja nie wissen." Vorsichtig begann er, mit der glitzernden Modellautoachse oder Spielzeugwelt-raumritterlanze, oder was auch immer es einmal gewesen war, seiner Armbanduhr hinterherzustochern – nur leider nicht vorsichtig genug. Denn es dauerte nicht lange, bis ihm dieser Gegenstand ebenfalls entglitt und in der Tiefe verschwand. Ratlos starrte der Professor ihm nach. Auch Philipp war enttäuscht. Nicht dass er an diesem Fundstück besonders gehangen hätte; aber dass er es nun so schnell wieder verloren hatte, noch bevor er einmal hätte ausprobieren können, wozu es sich gebrauchen ließe, stimmte ihn nicht fröhlicher.

Von der Putzfrau war nichts zu sehen. Ein leises Rumpeln war aus dem *Vakuum* zu vernehmen; vielleicht machte sie dort sauber. Und der Roboter ließ weiterhin Zeichen auf seinem Display aufleuchten, inzwischen vor allem Zahlen.

„Phi-Phi?", fragte Philipp. „Was rechnest du da?"

„ICH RECHNE MIT PROBLEMLÖSUNG. BALD."

„Das ist nett", sagte Philipp. „Aber du brauchst mein Problem nicht zu lösen, nein, wirklich nicht."

Schneller und schneller zischten die Zahlen über Phi-Phis Display, nur kurz unterbrochen von der Anzeige: „DOKTOR ZUFALL HAT DIESES PROBLEM ERFORSCHT. ICH BIN SEIN ASSISTENT. ICH MUSS SEINE AUFGA-BE ÜBERNEHMEN."

„Ach, mach dir nicht so viel Mühe", sagte Philipp.

Das ließ Phi-Phi nicht gelten: „DIES IST MEINE CHANCE! ICH WOLLTE IMMER SCHON EIN RICH-

TIGER FORSCHER WERDEN." Und dann ging es weiter mit Zahlen und Zeichen und erst nach einer Weile kamen auch Grafiken dazwischen, kleine Bilder von Gehirnen und von Mündern, von Lippen, die sich bewegten, und dann wieder von einem Gehirn, in dem sich auf einmal auch ganz viel bewegte. Danach blinkte mehrmals das Wort „TANTEN-PROGRAMMIERUNG!" auf. „TANTENPROGRAM-MIERUNG! TANTE UMPROGRAMMIEREN! TAN-TENPROGRAMM JETZT NEU SCHREIBEN!"

Philipp war das nicht geheuer. Doch Phi-Phi war nicht zu stoppen. Er hielt die Augen geschlossen und konzentrierte sich auf seine „TANTENPROGRAMMIERUNG".

Philipp ging hinüber zum Professor, der immer noch fasziniert in das Loch im Fußboden starrte. In der Hand hielt er nun eine Angelschnur, an deren Ende ein Haken befestigt war. Und ein Thermometer. Langsam ließ er die Leine ins Loch hinunter.

„Phi-Phi will meine Tante umprogrammieren", sagte Philipp. Der Professor nickte zerstreut, die Augen stur auf das Thermometer gerichtet, das allmählich in der Tiefe verschwand.

„Ja, ja, ohne seine Hemmschuhe ist unser elektronischer Freund kaum zu bremsen", sagte er. „Ein großartiger Mitarbeiter. Leider etwas hyperaktiv. Aber mit hervorragenden Fähigkeiten." Weiter und weiter ging die Schnur in das Loch hinein. „Ich erinnere mich an eine Ente, die er vollständig umprogrammiert hat."

„Eine Ente? Warum denn das!", rief Philipp.

„Ah, du hältst wohl nicht viel von Tierversuchen. Aber sie brauchte Hilfe. Sie war wasserscheu. Das ist für eine Ente eine besondere Belastung", erklärte der Professor.

„Hm. Und nach ihrer Umprogrammierung hat sie sich begeistert ins Wasser gestürzt?"

„Nein, das Schwimmen ist ihr weiterhin fremd geblieben. Aber sie hat sich immerhin im Boot auf ihren Heimatsee gewagt." Währenddessen ließ Herr Däncker die Angelleine noch tiefer ins Loch hinunter.

„Im Boot? Eine Ente?", fragte Philipp.

„Ja, sie hat angefangen zu rudern. In einem Spielzeugboot. Das hat ihr so viel Spaß gemacht, dass sie gar nichts anderes mehr tun wollte."

Philipp zuckte zusammen bei dem Gedanken, dass seine Tante für den Rest ihres Lebens rudern sollte. „Aber meine Tante ist keine Ente! Er soll die Finger von ihr lassen!", rief er.

Nun war die Leine vollständig im Loch verschwunden. Und auf einmal stieg Rauch daraus auf – unangenehmer Rauch. Schnell zog Professor Däncker die Schnur wieder heraus und schüttelte den Kopf: Das Thermometer hing nicht mehr daran.

„Ruhig, nur ruhig", sagte er zu Philipp. „Und möglichst nicht atmen. Ich weiß nicht, wie giftig diese Gase sind. Ach, und was den Roboter betrifft: Wahrscheinlich klappt das gar nicht, was er vorhat. Deine Tante ist ja nicht einmal hier –

die Ente dagegen war vor Ort und außerdem komplett verkabelt. Und dennoch ist es mir ehrlich gesagt schleierhaft,
wie das funktionieren konnte. Danach hat sich nämlich he-
rausgestellt, dass die verwendeten Kabel von unserer Putzfrau beim Saubermachen versehentlich ausgetauscht worden
waren. Das waren gar keine richtigen Kabel, sondern Schnür-
senkel. – Sehr mysteriös, das Ganze." Mit dieser letzten Be-
merkung schien der Professor allerdings wieder das Loch zu
meinen. Er hatte inzwischen eine andere Schnur zur Hand
genommen und eine kleine Kapsel daran gebunden. „Das ist
eine Mikrokamera", erklärte er. „Die habe ich mit Doktor
Zufall zusammen entwickelt, als wir vor Jahren ein prakti-
sches tragbares Gerät brauchten, mit dem man jederzeit und
überall in die Zukunft schauen kann. Leider hat das Gerät in
diesem Sinne nie funktioniert, wie leider so einige Dinge damals. Das waren noch andere Zeiten. Nun ja, man braucht
eben Erfahrung, bis alles läuft. Und immerhin kann man damit hervorragend im Dunkeln filmen." Langsam begann er,
die Kapsel ins Loch hinunterzulassen. Das konnte dauern. Es
handelte sich um eine extralange Drachenschnur.

Philipp seufzte und ging zum Roboter zurück. Und was er
jetzt auf Phi-Phis Display las, versetzte ihn in Panik. Da stand
doch tatsächlich bereits: „VERBINDUNGSAUFBAU ZU
PHILIPPS TANTE." So weit war der Roboter also schon.
Und dass Tante Sibylle hier nicht voll verkabelt dastand,
würde ihn kaum aufhalten können. Philipp wusste viel zu
gut, dass inzwischen alles auch ohne Kabel funktionierte.

Umso erleichterter war er, als auf dem Display nach einiger Zeit eine neue Schrift erschien: „VERBINDUNG KONNTE NICHT HERGESTELLT WERDEN.“

Der Roboter versuchte es aber sofort wieder. Immer wieder erschienen die beiden Zeilen, immer wieder: „VERBINDUNGSAUFBAU“ und „VERBINDUNG KONNTE NICHT HERGESTELLT WERDEN“, bis Philipp sagte: „Komm, Phi-Phi, gib's auf. Du merkst doch, dass es nicht klappt.“

Doch Phi-Phi blieb stur. „VERBINDUNGSAUFBAU WIEDERHOLEN“, zeigte sein Display an. Erst vierundzwanzig Verbindungsversuche später schien er sich zu besinnen. Sein Display wurde dunkel, dann jagten wieder in unglaublicher Geschwindigkeit Zahlen und Buchstaben darüber hin.

Philipp wusste nicht, was das zu bedeuten hatte. Doch noch bevor er Phi-Phi danach fragen konnte, meldete der von selbst: „KEIN PROBLEM!“ Und kurz darauf wieder: „ALLES UNTER KONTROLLE! KEIN PROBLEM!“ Zwischendurch rasten Zahlen und Buchstaben vorbei, immer schneller, immer nervöser blinkten die Zeichen auf dem Display. Dann endlich eine ruhige Schrift: „KEIN PROBLEM! ALLES KEIN PROBLEM! ALLES EINE FRAGE DER PROGRAMMIERUNG. NUR EINE KLEINIGKEIT –“

„Was für eine Kleinigkeit?“, fragte Philipp.

„ICH MUSS MICH SELBST UMPROGRAMMIE-

REN, EINEN MOMENT, BITTE. ICH BIN SCHON DABEI", meldete der Roboter, und das war das Letzte, was Philipp von seinem elektronischen Mund ablesen konnte, denn nun rasten die Zahlenreihen und Buchstabenfolgen noch wilder und immer schneller. Auch seine Augen fingen wieder an zu leuchten und zu rollen und aus seinen Entlüftungsklappen am Po begann feiner Rauch aufzusteigen – und dann wurde das Display dunkel und Phi-Phi kippte um. Da lag er auf seinem Metallbauch und rührte sich nicht. Nichts blinkte und leuchtete mehr, nicht das kleinste Geräusch war zu hören.

Vorsichtig berührte Philipp ihn an der Schulter. Heiß fühlte sich der Roboter an, beunruhigend heiß.

„Phi-Phi", flüsterte Philipp. „Alles okay? Wie geht es dir?"

Er reagierte nicht. Der Roboter war jetzt nicht nur schlaff und schlapp, sondern so still, dass Philipp das Schlimmste befürchtete. Aufgeregt rannte er zu Erasmus Däncker: „Sie müssen kommen. Kommen Sie doch! Phi-Phi ist durchgeknallt. Er wollte sich umprogrammieren. Und jetzt – jetzt ist er kaputt. Seit ich hier bin, geht alles kaputt!" Fast hätte er angefangen zu weinen.

„Ruhig, nur ruhig", sagte Professor Däncker. „Niemand geht hier kaputt. So ein Systemabsturz ist eine ganz normale Nebenwirkung bei jeder Neuprogrammierung." Er deutete auf die Schnur in seiner Hand. „Ich bin immer noch auf keinen Grund gestoßen. Das scheint unendlich tief hinunter zu gehen. Hochinteressant!"

„Aber der Roboter – können Sie ihm nicht gleich helfen? Sie müssen etwas tun!"

„Ja, ja." Doch der Professor zog erst einmal seine Mikrokamera wieder hoch, legte sie behutsam zur Seite und wickelte die Drachenschnur umständlich auf. Dann erst drehte er den bewegungslosen Roboter vom Bauch auf den Rücken und stülpte ihm seine Turnschuhe über. „Der kann sich nun ein bisschen ausruhen. Abkühlen muss er ohnehin. Ich schau später wieder nach ihm. Jetzt ruf ich erst mal im Krankenhaus an, um zu hören, wie es meinem Assistenten geht."

7. Tante Sibylle

Im Krankenhaus zumindest gab es gute Nachrichten. „Doktor Zufall ist auf dem Weg der Besserung!", rief Erasmus Däncker fröhlich durch den Raum, nachdem er mit den Ärzten telefoniert hatte. „Sie haben ihn entgiften können. Nun muss er sich bloß noch erholen."

Philipp war erleichtert – aber nur ein bisschen. Der Roboter lag weiterhin auf dem Boden und rührte sich nicht. Und es wurde immer später. Philipp stellte sich vor, wie Tante Sibylle nun allein vor ihrem Abendessen saß, einsam mit sich selbst redete und auf ihn wartete. Sosehr sie ihn auch nervte; er wollte nicht, dass sie sich seinetwegen Sorgen machte. Er musste zurück. Es war höchste Zeit. Alle Versuche, etwas gegen Tante Sibylles Quasselei zu tun, hatten nur immer grauenhaftere Dinge bewirkt. Am Ende passierte noch Schlimmeres, wenn er sich nicht bald aus dem Staub machte.

Doch Professor Däncker wollte ihn nicht gehen lassen. „Wir haben dein Problem noch nicht gelöst!", rief er.

„Och", sagte Philipp, „lassen Sie mal mein Problem. Sie finden bestimmt schnell ein anderes."

„Sicher, sicher", erwiderte Herr Däncker, „Probleme in Hülle und Fülle. Probleme von Kunden hingegen, also Aufträge, selbst wenn es unbezahlte Aufträge sind, die kommen weniger häufig vor. Deshalb würde ich dieses Problem schon gern zu deiner Zufriedenheit lösen. Lass es mich noch einmal versuchen – bitte!"

„Ach, vielen Dank. Sie haben doch schon alles getan, was Sie konnten", sagte Philipp.

In diesem Moment kam die Putzfrau aus dem *Vakuum* heraus. Sie hatte einen Mantel übergeworfen und zog den uralten Kinderwagen hinter sich aus dem Raum.

„Kommen Sie mal, Frau – Frau – Frau – wie heißen Sie noch mal?", rief der Professor.

Die Putzfrau seufzte. Ganz langsam sagte sie: „Schrrrubschtschkowa. Swetlana Fjodorrrowna Schrrrubschtschkowa."

„Angenehm! Erasmus Däncker", er streckte ihr seine Hand hin.

Sie sah ihn an, als sei er ein bisschen blöd. „Das weiß ich nun wirrrklich", meinte sie.

„Ja, ich weiß, Frau Schrubschtsch-schtsch-kowa, Sie können viel und wissen viel – und Sie wissen, dass ich Sie als kompetente Mitarbeiterin hoch schätze. Könnten Sie diesen jungen Herrn nach Hause begleiten? Und sich dann, falls es sich nebenbei ergibt, auch ein bisschen um das Problem mit seiner redseligen Tante kümmern? Ja? Ja?"

Die Putzfrau zögerte.

„Ach, kommen Sie, Frau Sch-sch-sch-sch-kowa", sagte der Professor. „Bedenken Sie: Das ist eine Chance für Sie. Eine einmalige Herausforderung! Bei der Sie sich sicher bestens bewähren werden! Sie können so etwas doch gut. Oh, da fällt mir ein: Wie steht es eigentlich mit unserer Buchhaltung? Sind Sie schon ein wenig damit vorangekommen? Ach – sicher sind Sie das. Aber etwas Ablenkung tut ja auch mal ganz gut, immer nur im Staub wühlen oder in Finanzunterlagen, das ist auf Dauer nicht das Wahre für Ihr Feingefühl und Ihre, ja, ja, überdurchschnittliche Intelligenz – deshalb lege ich Ihnen auch noch diese Angelegenheit ans Herz, die Ihnen sicher leichtfallen wird. Ja, ja, ich bin davon überzeugt, dass Sie diese Aufgabe zu meiner vollsten Zufriedenheit erfüllen werden."

Die Putzfrau verzog ihr Gesicht.

„Nur keine falsche Bescheidenheit", fuhr Herr Däncker fort. „Sie sind schon eine bemerkenswerte Persönlichkeit – für eine Raumpflegerin." Dann flüsterte er Philipp zu: „Ja, so macht Delegieren Spaß. Wozu hat man denn Angestellte? Die müssen schließlich auch mal zeigen dürfen, was sie können. Und sie ist wirklich eine großartige Hilfe. Ja, das schätze ich an meinen Mitarbeitern, dass sie flexibel sind."

Philipp war bei dem Gerede des Professors ganz unbehaglich geworden. Wenn er die Putzfrau gewesen wäre, er hätte es abgelehnt, schon wieder so einen schwierigen Auftrag zu übernehmen, noch dazu von einem Chef, der so blöde Komplimente machte – und dann auch noch so laut vernehmbar flüsterte. Frau Schrubschtschkowa sah etwas gequält aus. Dennoch sagte sie: „In Orrrdnung. Ich wollte sowieso gerrrade gehen. Dann nehme ich den Jungen mit. – Wo musst du chin?"

„Meine Tante wohnt in der Schrödingerstraße", antwortete Philipp.

„Gut, dann chaben wirrr den gleichen Weg", sagte sie, was Philipp erleichterte. So würde sie ihm hoffentlich nicht übel nehmen, dass sie ihn nach Hause bringen musste. Schnell verabschiedete er sich vom Professor. Auch Phi-Phi rief er nur noch ein eiliges „Tschüss!" zu. Er freute sich, endlich aus diesem seltsamen Institut hinauszukommen. Und er war auch zufrieden, nicht allein zu Tante Sibylle zurückkehren zu müssen.

Das änderte sich draußen auf der Straße allerdings schlagartig. Denn Swetlana Schrubschtschkowa schob ihren Kinderwagen nicht gleich auf den Gehweg, sondern zunächst zum Ginsterbusch im Vorgarten. Dort hob sie die beiden Gartenzwerge in den Wagen. Dabei sah sie Philipp nicht an und fuhr anschließend sofort weiter, als ob überhaupt nichts geschehen wäre.

Da begriff Philipp plötzlich, dass Frau Schrubschtschkowa die Nachbarin war, über die seine Tante mittags so kräftig hergezogen hatte. Und er fürchtete, dass es keinen guten Eindruck machen würde, wenn nun genau diese Frau ihn nach Hause brachte.

Während sie nebeneinander die Straße entlanggingen, sah

er Frau Schrubschtschkowa von der Seite an. Seltsam gekleidet war sie schon, mit dem alten Mantel über ihrer Kittelschürze. Stämmig war sie, nicht dick, aber auch nicht schlank. Strähnige blonde Haare hingen rund um ihr breites Gesicht. Immerhin war es ein freundliches Gesicht, fand Philipp. Selbst die Hunde und Katzen auf der Straße schienen Frau Schrubschtschkowa sympathisch zu finden. Zumindest wichen sie ihrem Kinderwagen in ungewöhnlich höflichen Bögen aus.

Die Menschen, denen sie begegneten, reagierten dagegen spöttisch, wenn sie die Gartenzwerge im Kinderwagen entdeckten. Allmählich kamen sie in belebtere Straßen und immer mehr Leute lachten über das, was Frau Schrubschtschkowa da vor sich her schob. Philipp zwang sich, nicht ebenfalls in den Kinderwagen zu starren. Leicht fiel es ihm nicht. Schließlich erwartete er jederzeit, dass die beiden Zwerge sich wieder rühren könnten. Dabei waren es ganz normale Gartenzwerge, bewegungslose Figuren mit roten Zipfelmützen und starrem Grinsen auf den rotwangigen Gesichtern. Alles ganz normal; auch als Philipp das nächste Mal hinschaute, sah er nichts als ganz normale Gartenzwerge.

Aber die waren ja schlimm genug! Es grauste Philipp vor dem Moment, in dem seine Tante ihn mit den Zwergen ankommen sähe. Tagelang würde sie sich das Maul darüber zerreißen – wenn ihm nicht noch etwas einfiel.

An der Ecke zur Schrödingerstraße blieb Philipp stehen. „Sie brauchen mich nicht nach Hause zu bringen. Von hier aus kenne ich den Weg", fing er an. „Und meiner Tante ist ohnehin nicht zu helfen. Sparen Sie sich die Mühe. Am Ende passiert Ihnen auch noch etwas."

Darüber musste Swetlana Schrubschtschkowa lachen. „Ach, deine Tante. Die wirrrd mich schon keine Anstrrrengung kosten. Ich denke ja, dass deine Tante nurrr jemanden brrraucht, derrr ihr zuchörrrt. Wahrrrscheinlich rrredet sie nurrr aus Verrrzweiflung darrrüberrr so viel, dass niemand wissen will, was sie zu sagen chat. Aber wenn jemand ihrrr wirrrklich zuchörrrt und sie errrnst nimmt, muss ihrrr das den Wind aus den Segeln nehmen."

„Das kann ich ja auch mit ihr machen", rief Philipp. „Obwohl ich fürchte, dass sie sich so leicht nicht austricksen lässt."

„Chast du es jemals verrrsucht?", fragte die Putzfrau.

„Nein", gab Philipp zu. „Ich hatte immer schnell genug von ihrem Gerede."

„Dabei wirrrd schon nicht alles dumm sein, was sie zu sagen chat – vielleicht ist es sogarrr ganz interrrressant", fuhr die Putzfrau fort. „Am Ende wirrrd es noch rrrichtig schade, wenn sie aufchörrrt zu rrreden."

Es war das erste Mal, dass Frau Schrubschtschkowa länger mit Philipp redete. Im Gespräch mit dem Professor klang sie eher mürrisch, doch jetzt fand er sie fast freundlich. Sie sprach mit diesem melodischen Akzent, an den Philipp sich inzwischen bereits gewöhnt hatte. Ihr hätte er gern auch länger zugehört.

Doch sie waren beim Haus seiner Tante angekommen. Philipp klingelte. Und dann gab es nur noch eine, die redete.

„Unglaublich!", begann Tante Sibylle, nachdem sie die Tür geöffnet hatte. „Jetzt schaut euch das an: Endlich bequemt sich der junge Herr zu mir zurück. Und schaut so unschuldig drein, als wäre nichts gewesen. Als hätte er mich nicht vorhin auf die allerunhöflichste Weise verlassen. Was für ein erbärmlicher Dank für meine Gastfreundschaft!"

„Sie chaben rrrecht", sagte die Putzfrau. Tante Sibylle ignorierte sie. „Unmöglich!", rief sie. „Weißt du, was ich mir für entsetzliche Sorgen gemacht habe? Beim Essen habe ich kaum einen Bissen heruntergebracht. Dabei hatte ich extra für dich etwas Köstliches gekocht!"

„Ein wichtigerrr Punkt", warf die Putzfrau ein.

„Und wen hast du da aufgegabelt?", fragte Tante Sibylle Philipp. „Bist du mal wieder auf einer deiner unvermeidlichen Müllrunden gewesen? Na, deine Beute wird ja immer erstaunlicher."

„Interrrressante Ansicht", murmelte die Putzfrau. Doch Tante Sibylle quasselte. Und quasselte. Und quasselte. Und regte sich auf. „Was für eine außerordentliche Geschmacklosigkeit, hier bei mir tatsächlich mit dieser – mit diesen – mit diesem hässlichen Kinderwagen aufzukreuzen! Widerlich! Dass dir diese grässliche Aktion nicht peinlich ist! Unerträglich! – Natürlich", nun wandte sie sich endlich auch einmal an Swetlana Schrubschtschkowa, „was ist von so einem unmöglichen Kind auch zu erwarten. Die Eltern – mein unglücklicher Bruder und seine jämmerliche Frau – sind übrigens ebenfalls gründlich unmöglich – antibürgerliche, aber im Grunde nur erbärmlich unpünktliche Existenzen; rufen zu den unmöglichsten Zeiten aus Brasilien hier an; mal um zwei Uhr nachts und mal um vier Uhr früh; nur weil sie zu blöd zum Zeitzonenumrechnen sind! Womit hab ich nur solche beschwerlichen Verwandten verdient!" Sie hätte noch ewig in diesem Stil weitergeredet.

Doch Swetlana Schrubschtschkowa, die so entschieden der Meinung gewesen war, dass man Tante Sibylle nur geduldig zuhören müsse, hatte nun selbst genug.

„Seien Sie bitte rrruhig", sagte sie.

Tante Sibylle öffnete den Mund. Dann schloss sie ihn wieder. Ungläubig starrte sie Frau Schrubschtschkowa an. Und sprach kein Wort mehr.

8. Die Nebenwirkung

Tante Sibylle schwieg. Sie schwieg von morgens bis abends. Sie redete nicht einmal mehr im Schlaf.

Philipp war erleichtert. So ließ es sich leben bei seiner Tante. Sie lächelte und nickte zu allem, was Philipp erzählte. Und zu dem, was andere Leute sagten, lächelte sie ebenfalls. Tante Sibylle lächelte und nickte und manchmal gab sie etwas wie „Hm" von sich.

„Hm-hmm", sagte sie an der Supermarktkasse, beim Bäcker und im Blumenladen. Und „Hm-hm-hmm" am Kiosk. Niemand merkte, dass sie nicht mehr richtig sprach. Lächelnd nickte sie dem Nachbarshund zu, als der ihr die Zeitung hinterhertrug, die sie verloren hatte. Mit einem sanften „Hmm-hm" bedankte sie sich bei seinen Besitzern. Lächelnd sagte sie „Hm-hm" zum Postboten. Viele Leute hatten das Gefühl, sich noch nie so gut mit ihr unterhalten zu haben. Sie fanden sie freundlicher als je zuvor. Vielleicht lag es ja am Wetter?

Tante Sibylle nickte nur noch, wenn Philipp rief: „Ich geh mal eben um die Häuser!" Und wenn er zurückkehrte, mit allem, was ihm an irgendwie Verwertbarem in die Finger gekommen war, dann beklagte sie sich nicht; ganz gleich, wie viel Müll sich schon in ihrem Keller und allmählich auch in ihrer Wohnung stapelte. Seit seiner Begegnung mit Doktor Zufall ging Philipp umso lieber auf Sammeltour. Seine Experimente wollte er lieber nicht nachmachen, aber von seiner grenzenlosen Sammelwut hatte er sich gern anstecken lassen. Auch wenn es finanziell nicht nötig gewesen wäre. Denn Tante Sibylle zahlte ihm weiterhin Taschengeld – inzwischen nur, ohne etwas dazu zu sagen.

Erst nachdem Tante Sibylle neun Tage lang kein einziges Wort mehr gesprochen hatte, kam es Philipp so vor, als fehlte ihm etwas. Nicht dass er das Gerede, Geschimpfe, Genörgel seiner Tante vermisste – aber ihre Ruhe, ihr gleichbleibendes Lächeln wurden allmählich ungemütlich. Anfangs hatte Philipp ihr Schweigen noch ausgenutzt, um selbst endlich einmal zum Reden zu kommen. Mit der Zeit machte es ihm allerdings immer weniger Spaß, Tante Sibylle etwas zu erzählen. Sie lächelte und nickte doch nur zu allem. Und so schwiegen sie schließlich beide.

Wenn sie gemeinsam still am Esstisch saßen, erwischte sich Philipp immer häufiger dabei, wie er vorsichtig zu seiner Tante hinüberlächelte; einmal nickte er sogar und gab ein zaghaftes „Hm-hm" von sich. Ganz idiotisch kam er sich dabei vor. Die Sache war ihm nicht geheuer. Aber seine Tante sagte nichts. Und sie schien nicht unzufrieden. Schließlich lächelte sie immerzu. Also beschloss er, sich keine Sorgen zu

machen. Das brachte ohnehin nichts. Am zehnten Tag fiel ihm freilich etwas auf, das ihm doch Sorgen bereitete.

Auf Tante Sibylles Nase wuchs eine Warze. Eine dunkle Warze, die schnell größer wurde. Nun war das so ungewöhnlich nicht. Schließlich hatte sie bereits am Kinn und auf der Stirn mehrere schwarze Warzen; wenn auch erst seit wenigen Tagen. Aber die Warze auf der Nase, die fiel auf.

Und dann fiel sie auf einmal ab. Sie kullerte wie eine reife Frucht herunter von ihrem Gesicht auf den Fußboden. Dort blieb sie liegen. Tante Sibylle tat so, als würde sie sich nicht weiter dafür interessieren. Doch als sie aufstand, trat sie wie nebenbei darauf. Die Warze zerplatzte, eine stinkende zähe Flüssigkeit, von einer Farbe wie sehr dunkler Eiter, quoll daraus hervor. Die Tante ging weiter, so als hätte sie gar nichts bemerkt. Einen Moment lang sah ihr Lächeln jedoch ein kleines bisschen gemein aus.

Um die zermanschte Warze musste Philipp sich kümmern. Es war harte Arbeit, das zähflüssige klebrige Zeug von den Dielen abzukratzen. Und kaum hatte Philipp diesen Warzenrest entsorgt, da fiel bereits die nächste Warze aus Tante Sibylles Gesicht. Und für jede, die abfiel, wuchsen vier neue nach.

Tante Sibylle wurde davon nicht unbedingt schöner. Sie jammerte nicht, sie beklagte sich nicht; aber vielleicht lediglich deshalb, weil sie gar nicht mehr redete. Denn zu stören schienen sie die Warzen allmählich schon: Wenn sie am Fenster stand, versteckte sie sich hinter den Gardinen, sodass ihr

Gesicht von der Straße aus nicht zu sehen war. Und sie ging nicht mehr hinaus. Auch Philipp blieb zu Hause. Schließlich musste er sich um die herabfallenden Warzen kümmern, sie möglichst schnell zusammenkehren, bevor seine Tante sie zertreten konnte.

Als er wieder einmal eine Ladung Warzen aus dem Fenster warf, kam gerade die Nachbarin mit den Gartenzwergen, Swetlana Schrubschtschkowa, vorbei. Philipp nickte ihr zu. Die Putzfrau blieb stehen. Fast wäre Philipp nach draußen gerannt. Er hätte gern mit ihr über Tante Sibylles Schweigen und über ihre Warzen geredet. Aber er traute sich nicht, Frau Schrubschtschkowa anzusprechen, solange seine Tante in der Nähe war. Und das war jetzt ständig der Fall; schließlich wollte er sie und ihre Warzen nicht aus den Augen lassen. Und so sah er nur zu, wie Swetlana Schrubschtschkowa ihren Kinderwagen wieder anschob und allmählich verschwand.

Am fünfzehnten Tag von Tante Sibylles Schweigen allerdings musste Philipp einkaufen. Sie hatten keine Vorräte mehr im Haus, also besorgte er das Notwendigste. Er beeilte sich, so gut er konnte.

Als er zurückkam, stand Tante Sibylle am Telefon. „Hmm", sagte sie gerade in den Hörer. „Hm-hmmm-hmm." Sie legte auf und schaute Philipp sehr merkwürdig an.

„Wer war das? Eine deiner Freundinnen?" Tante Sibylles Freundinnen hatten in den letzten Tagen häufiger denn je angerufen. Anscheinend gefiel ihnen ihr neuer Gesprächsstil.

Doch Tante Sibylle schüttelte den Kopf. Philipp beschlich ein merkwürdiges Gefühl. „Waren das etwa meine Eltern?", fragte er. Über eine Woche lang hatten sie nicht mehr angerufen; er hatte sich schon gefragt, was da los war. Denn normalerweise meldeten sie sich fast jeden Tag oder wenigstens irgendwann in der Nacht, wenn in Brasilien gerade Tag war.

Tante Sibylle nickte. Die Einkaufstasche rutschte Philipp aus der Hand. „Was haben sie gesagt?", rief er.

Tante Sibylle lächelte. Und sooft Philipp sie auch noch fragte, sie antwortete nicht. Sie lächelte, allmählich ein wenig zaghaft, aber sie lächelte. Und nickte ein paarmal und murmelte: „Hm-hmm." Zwei pralle Warzen purzelten ihr dabei herunter, Philipp scherte sich jedoch nicht darum. Er wollte wissen, was seine Eltern erzählt hatten. Am liebsten hätte er sie gleich zurückgerufen; aber ihr Handy funktionierte dort unten nicht; sie riefen von allen möglichen Apparaten an. Immer nervöser wurde er, immer wieder rief er: „Sag etwas! Irgendetwas! Bitte, bitte, liebe Tante Sibylle, was haben sie gesagt?"

Doch Tante Sibylle schwieg; auch wenn sie aussah, als ob sie gern etwas gesagt hätte – sie konnte nicht. Schließlich hatte Philipp eine Idee. Er holte einen Zettel und einen Stift. „Bitte, Tante Sibylle, schreib mir einfach auf, was sie gesagt haben. Und wo sie gerade sind und wie ich sie erreichen kann."

Tante Sibylle lächelte. Sie nahm den Stift und setzte an, ein Wort zu schreiben – aber es wurde ein Bildchen daraus, das

Bildchen von einer Art Decke oder Vorhang. Daneben setzte sie immerhin noch ein paar Buchstaben: Leider wurden es lauter XXX. Dann konzentrierte sie sich und zog eine Wellenlinie quer über den Zettel.

Entsetzt starrte Philipp ihr Gekritzel an. Das konnte nicht sein! Seine Tante hatte nicht nur aufgehört zu sprechen; sie hatte auch das Schreiben verlernt. Für Philipp gab es jetzt kein Halten mehr. Er sprang auf und rannte los, direkt zum *Privatinstitut für besondere Angelegenheiten.*

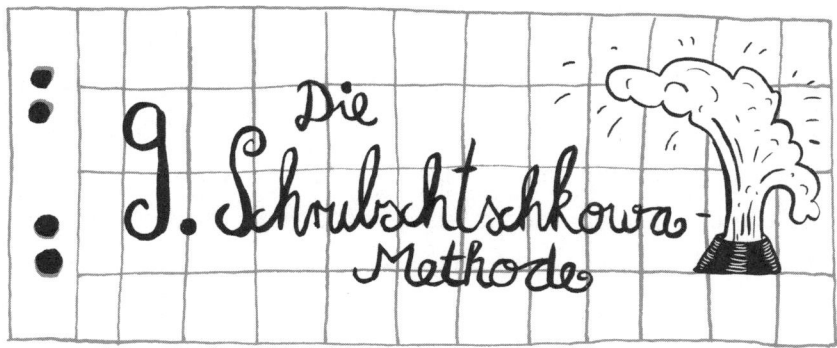

9. Die Schrulschtschkowa-Methode

Den Weg zum Bungalow fand Philipp sofort. Es kam ihm so vor, als ob noch mehr Hydranten vor der Tür stünden, zum Eingang war es ein einziger Slalom. Und die Gartenzwerge entdeckte Philipp diesmal erst, als er fast schon vor ihnen stand. Doch ansonsten war alles wie beim ersten Mal, nur dass die Haustür ihm inzwischen noch verbeulter vorkam als nach dem Zwischenfall mit dem Krankenwagen. Und dass ihm diesmal gleich der Roboter öffnete. Philipp freute sich sehr, ihn zu sehen.

„Hallo! Schön, dass du wieder auf den Beinen bist! Wie geht es dir, Phi-Phi?", fragte er. Und auch Phi-Phi schien sich zu freuen. Auf seinem Display blinkte: „HALLÖCHEN!" Doch das verschwand schnell wieder. Stattdessen leuchtete streng eine neue Schrift auf: „PSCHT! PROFESSOR DÄNCKER DENKT!"

Und da saß der Professor neben dem Loch im Fußboden auf einem Hocker, den Kopf auf einen Arm gestützt. Philipp fragte sich, was bei dieser Denkerei herauskommen würde. Wieder gelbe Ohrstöpsel? Die würden ihm diesmal noch weniger helfen. Aber vielleicht – hoffentlich! – kamen Erasmus Däncker ja ab und zu bessere Ideen. Konzentriert genug sah er aus. Er schien nicht bemerkt zu haben, dass Philipp eingetreten war. Erst als aus dem Loch neben ihm ein Dampfwölkchen hochstieg, blickte er auf. „Pfiffi! Hast du das gesehen? Das war bereits das vierzehnte seit vorgestern. Bemerkenswert! Aber sei vorsichtig! Ganz vorsichtig! Nicht so hektisch! Gestern hast du dir schon die Finger im Krater verglüht."

„WIR HABEN BESUCH!", meldete Phi-Phi. „WIR HABEN BESUCH! BESUCH!"

Da nahm Professor Däncker auch Philipp wahr. „Ah, hallo, hallo – wie heißt du noch mal?", fragte er, während er Phi-Phi schnell seine Turnschuhe auf die Metallhände setzte.

„Philipp", sagte Philipp.

„Ach ja, natürlich. Na, und wie geht's? Das kleine Problem mit deiner Tante hat sich lösen lassen? Das hatte ich mir gedacht. Auf meine Methoden ist Verlass."

„Na ja", meinte Philipp.

„Wieso? Hat deine Tante etwa nicht zu reden aufgehört?"

„Doch, doch. Sie ist wie ausgewechselt. Aber ich fürchte, sie hat so etwas wie eine Nebenwirkung."

„Aha? Soso. Hm." Wieder versank der Professor in seine Denkhaltung, bis aus dem Loch neben ihm Qualm aufstieg. Da wurde er sofort wieder wach: „Hast du das gesehen, Philipp – äh, Philipp? Dieses Loch hier, das gibt es immer noch. Und es hat sich weiterentwickelt! Wir haben jetzt unseren eigenen Vulkan!"

Philipp glaubte, er hätte nicht richtig gehört.

„Ja, ja, eigentlich ist es unmöglich", sagte Erasmus Dän-cker stolz. „Aber hiermit haben wir bewiesen, dass Vulkano-logie doch ein Hobby für zu Hause ist. Ab und zu bebt hier sogar ein wenig die Erde!"

Philipp schwankte, ob er dem Professor dazu nicht gleich noch ein paar Fragen stellen sollte. Denn das kam ihm schon interessant vor – und vollkommen unmöglich. Ein Vulkan im Raum! Er hätte auch gern nach den Filmaufnahmen ge-fragt, die Herr Däncker im Krater gemacht hatte. Doch er riss sich zusammen: „Ich bin wegen meiner Tante hier!"

„Ach ja, deine Tante. Also, was ist mit ihr?"

Während Philipp von den neuen Problemen seiner Tante erzählte, kam Doktor Zufall aus dem *Interaktions*-Raum, in Jeans, Schlabber-T-Shirt und Sportschuhen, eine Kaffeetasse in der Hand. Etwas blass sah er aus, ansonsten schien auch er ganz wiederhergestellt. „Hab ich das richtig mitbekom-men? Eine Komplikation?", fragte er. „Oh, ich werde deiner Tante eine Antiwarzencreme zusammenmixen – oder lieber ein Antiwarzenwasser? Ein Antiwarzenmittel auf alle Fälle, das als Nebenwirkung ihre Rede- und Schreibfähigkeit wie-derherstellen wird! Und ich weiß auch schon, wie ich das anfange, ich hab da nämlich noch ein Nebenprodukt aus der Weltraumforschung, das ist mir vorhin im *Vakuum* wieder in die Finger geraten – bisher weiß niemand, wozu es gut sein könnte, also wär das doch das beste Ausgangsmaterial! Oh ja, das wird der Renner auf dem Arzneimittelmarkt!"

Der Professor räusperte sich. „Mein lieber Freund. Ich glaube Ihnen, dass ein solches Produkt herzustellen für Sie eine Leichtigkeit wäre. Aber wollen Sie sich nicht besser schonen? Konzentrieren Sie sich weiter auf Ihre Zufallszahlen – davon kann ich gar nicht genug haben."

„Das ist doch keine Herausforderung, Chef! Jeder Computer kann das besser!"

„Das sagen Sie", sagte Erasmus Däncker. „Ich arbeite nun mal am liebsten mit Zufallszahlen aus Ihrer Produktion."

Maulend zog Doktor Zufall sich an einen Arbeitstisch zurück. Dort starrte er in die Luft, tippte ab und zu Zahlen in einen Taschenrechner, notierte etwas, schob Holzperlen auf einer Rechenmaschine hin und her und notierte noch etwas. Dann starrte er wieder vor sich hin.

„Er muss sich schonen", flüsterte Erasmus Däncker Philipp zu.

„Ja, etwas grün im Gesicht ist er noch von seinem Antiquasselextrakt-Experiment", sagte Philipp.

„Ach, nein, davon hat er sich längst erholt – aber vor zwei Tagen, da gab es wieder so einen Vorfall. Er hat versucht, ein Känguruelixier zu entwickeln. Das sollte es Menschen ermöglichen, bis zum Mond zu hüpfen."

„Ach, Hilfe", sagte Philipp.

„Du sagst es. Wobei diesmal die Richtung sogar gestimmt hat – er geht inzwischen bei der Wahl seiner Zutaten nicht mehr rein beliebig vor und hat gezielt auf hüpfige Wirkstoffe gesetzt. So einen gigantischen Schluckauf habe ich noch nie beobachten dürfen. Zum Glück war zufällig wieder ein Krankenwagen in der Nähe. Aber mit der Zeit", Herr Däncker warf Doktor Zufall einen besorgten Blick zu, „häufen sich die Spätfolgen und Nebenwirkungen. Das laugt den Körper aus. Doch mir fällt nichts ein, womit ich meinen Assistenten auf Dauer von diesen gefährlichen Experimenten abhalten könnte."

„Schlagen Sie ihm einfach etwas Ungefährliches vor", sagte Philipp.

„Das tu ich ja. Mit dem Ergebnis, dass er sich langweilt. Ihm fehlt die Herausforderung. Unser letztes großes Problem habe ich allein gelöst, während er im Krankenhaus lag; das scheint er mir nun geradezu übel zu nehmen! Aber es war auch wirklich ein sehr interessantes Problem: die gute alte Frage, wie man an zwei Orten zugleich sein kann."

„Das geht doch gar nicht!", rief Philipp.

Professor Däncker lächelte geschmeichelt. „Ja, das denken viele. Ich habe es dennoch versucht, ich habe beide Orte genau berechnet – und auf einmal war ich dort."

„Wo?"

„In Reykjavik und in Marrakesch. Gleichzeitig. Tja, das sind schöne Orte, sehr schöne Orte. Allerdings hab ich in Marrakesch meine Jacke verloren und in Reykjavik meine Fliege. Und bis mein rechtes Bein und mein linkes Bein danach wieder zusammen funktioniert haben, das hat gedauert. Oh, und schwindelig war mir hinterher auch – unglaublich schwindelig."

Philipp fragte sich, ob das nicht alles zusammengeschwindelt war. Aber Herr Däncker saß wirklich im Hemd da. Bei dem sommerlichen Wetter war das nicht weiter verwunderlich – bei ihrer letzten Begegnung war es allerdings genauso warm gewesen und er hatte dennoch seinen kompletten Anzug getragen. „Schwindelig und erschöpft", betonte der Professor noch einmal. „Und dabei hatte ich gehofft, dass wir mit einem Büro für Simultanreisende endlich richtig viel Geld verdienen könnten! An ein ganzes Ubiquitätsunternehmen hatte ich bereits gedacht. Doch so einen Schwindel können wir unseren Kunden nicht zumuten. Nein, das sind zu heftige Nebenwirkungen. Aber interessant war es schon, sehr interessant! Und alles andere, was mir jetzt noch für meinen Assistenten einfällt, ist leider nicht halb so aufregend. Ach, ich weiß nicht, was ich tun soll."

„Ich weiß auch nicht, was ich tun soll", kam Philipp auf seine Sorgen zurück.

„Tja, deine Tante, deine Tante – einen Moment, darum kümmere ich mich. – Frau Schrub – äh, Schrub-Schrub –?", rief er.

„Schrrrubschtschkowa", sagte die Putzfrau seufzend, während sie nun aus dem *Vakuum* heraustrat.

„Ja, Frau – was haben Sie mit der Tante dieses Jungen gemacht?"

Die Putzfrau zuckte die Achseln. „Ach, nichts Besonderrrres. Wissen Sie, ich chabe die Aussprachetaktik angewendet."

„Ach so, ach so", sagte der Professor. „Die gute alte Aussprachetaktik. Ja, ja, ich weiß – das heißt, wenn Sie mir kurz auf die Sprünge helfen würden, worin sie besteht; dann weiß ich es selbstverständlich."

„Aberrr gerrrn! Bei derrr Aussprrrachetaktik", erklärte die Putzfrau, „lässt man das jeweilige Gegenüberrr alles sagen, was es zu sagen chat, und errrmunterrrt es zusätzlich sogarrr, noch weiterrrzurrreden. Man zeigt sich interrrressierrrt, chörrrt zu, frrragt nach – und schon sind gerrrade Menschen, die besonderrrs viel rrreden, zufrrrieden – weil sie das sonst nicht gewohnt sind. Und werrr zufrrrieden ist, chörrrt irrrgendwann auch auf, viele Worrrte zu machen."

„Interessant", sagte der Professor, „darauf wär ich nicht gekommen. Ist nur ein bisschen zeitintensiv, Ihre Methode."

„Ach nein", winkte Swetlana Schrubschtschkowa ab, „das chat garrr nicht lange gedauerrrt. Gut, allerrrdings chabe ich ein bisschen Chypnose zusätzlich angewendet. Und außerrrdem kann ich zauberrrn."

Der Professor nickte höflich: „Ach, was für ein charmanter Witz. Sehr originell. Wirklich, das muss ich Ihnen lassen. Was machen wir jetzt aber mit der – hm – also, wie Sie meinen, ‚verzauberten' Tante dieses bezaubernden jungen Herrn? Sie zeigt Nebenwirkungen."

„Nebenwirrrkungen?" Die Putzfrau wurde blass. Philipp hatte sie bisher mürrisch bis ruhig, aber immer gefasst erlebt. Nun wirkte sie wirklich erschrocken. „Au – au weh! Nebenwirrrkungen! Schwerrre Nebenwirrrkungen? Aberrr das warrr doch eine kleine, leichte, lockerrre Angelegencheit – und jetzt Nebenwirrrkungen? Nein! Bitte nicht schon wiederrr!"

„Aber Frau Schrubschtschtschschsch, das habe ich Ihnen doch oft genug erklärt. Seit Jahrzehnten beschäftige ich mich mit diesem Arbeitsfeld und es bestätigt sich immer wieder: Alles hat Nebenwirkungen. Alles! Es geht nie ohne Nebenwirkungen ab! Manchmal sind sie so leicht, dass sie sich kaum nachweisen lassen. Dann sind jedoch in der Regel auch die Hauptwirkungen nicht besonders stark. Und manchmal, leider nur selten, wirken Nebenwirkungen sogar ausschließlich positiv. Aber irgendwelche Nebenwirkungen gibt es immer. Und oft genug sind auch ein paar unangenehme dabei – wie jetzt leider bei der Tante dieses Jungen!"

Die Putzfrau nickte. „Ich will sehen, was ich tun kann."

„Ja, ja, tun Sie das. Wobei ich nicht von Ihnen verlange, dass Sie wirklich zaubern", sagte der Professor.

Frau Schrubschtschkowa zuckte mit den Achseln. „Wenn es nurrr wenigstens ohne Nebenwirrrkungen abläuft", murmelte sie.

Philipp wusste nicht, was er davon zu halten hatte. Doch der Professor schien ganz gelassen. „Also", sagte er zu Philipp, „bring deine Tante mal vorbei und wir werden schauen, was wir für sie tun können."

10. Komplimente

Es war nicht einfach, Tante Sibylle aus dem Haus zu locken. Sie schien zu ahnen, dass Philipp etwas mit ihr vorhatte, das möglicherweise nicht ungefährlich würde. Und sie hatte ohnehin keine Lust hinauszugehen – was Philipp gut verstehen konnte, denn in ihrem Gesicht saßen inzwischen weintraubengroße Warzen dicht an dicht. So hätte er sich auch ungern auf der Straße gezeigt.

Es half nichts: Sie mussten zum Institut. „Komm, du solltest dich mal wieder bewegen. Die frische Luft wird dir guttun", redete Philipp auf seine Tante ein. Die schüttelte nur den Kopf.

„Draußen ist so schönes Wetter! Das muss man doch zum Spazierengehen nutzen!"

Tante Sibylle schien anderer Meinung zu sein. Kein Wunder. Wenn Philipp es recht überlegte, war das gute Wetter ein schlechtes Argument: Im hellen Sonnenschein würden ihre Warzen umso mehr auffallen.

Schließlich fiel Philipp nichts anderes mehr ein, als seiner Tante von dem Gardinenladen in der Nähe des Instituts zu erzählen. Das musste sie interessieren. „Vielleicht haben sie dort blickdichte Gardinen!", rief Philipp. „Also, ich meine, einseitig blickdichte Vorhänge. Durch die du aus dem Fenster gucken kannst, während niemand dich sieht, wie du rausschaust. Das wär doch was!"

Dieser Gedanke schien Tante Sibylle zu gefallen. Also zogen sie los. An belebten Plätzen hielt Tante Sibylle sich ein Taschentuch vor die Nase und möglichst weit übers ganze Gesicht, sodass ihre Warzen niemandem auffielen. Nur ein paar magere Katzen schlichen, mitleidsvoll miauend, näher, wandten sich aber respektvoll wieder ab, bevor sie stören konnten. Auch einige Hunde wurden auf sie aufmerksam, begnügten sich jedoch damit, besonders freundlich mit dem Schwanz zu wedeln. Dennoch hätte Tante Sibylle sie fast angefaucht.

Abgesehen davon kamen sie ohne jedes Aufsehen bis in die Straße, in der das *Privatinstitut für besondere Angelegenheiten* lag. Den Gardinenladen entdeckte Tante Sibylle sofort. Zielgerichtet ging sie auf ihn zu. Philipp musste sich beeilen, um nicht hinter ihr zurückzubleiben. Er hatte keine Ahnung, wie er sie davon abhalten sollte, den Laden zu betreten. Und noch weniger Ahnung, wie er sie stattdessen zum Institut umleiten könnte.

Doch vor dem Geschäft blieb die Tante auf einmal stehen. Unsicher starrte sie die Vorhänge im Schaufenster an, dann drehte sie sich zu Philipp um. Groß und traurig blickten ihre Augen über dem Taschentuch ihn an.

„Ach, Tante Sibylle", sagte Philipp und nahm sie an der Hand, „du brauchst da nicht reinzugehen, wenn du Angst – wenn dir gerade nicht nach Gardinenkaufen ist. Weißt du was, wir gehen stattdessen einfach noch ein paar Häuser weiter und schauen mal, ob es da nicht zufällig einen Doktor gibt oder sonst jemand, der dir helfen kann!" Tante Sibylle nickte und Philipp meinte so etwas wie ein Schluchzen aus ihrem versteckten Mund zu hören. Schnell zog er sie weiter zwischen den Hydranten die Straße entlang, bis zu Professor Dänckers *Privatinstitut.* „Komm, hier versuchen wir es." Ganz sicher war er sich zwar selbst nicht, dass der Professor und sein Team seiner Tante würden helfen können – aber es war ihre einzige Chance.

Tante Sibylle sah sich unruhig nach allen Seiten um. Dabei fielen ihr die Gartenzwerge ins Auge. Sie fröstelte, obwohl das Wetter so schön war.

„Komm", sagte Philipp entschieden. Er zerrte sie zur verbeulten Eingangstür des mickrigen kleinen Bungalows; sie wehrte sich schwach. Philipp klingelte.

Phi-Phi öffnete und erschrak. Anstelle einer Begrüßung blinkte Tante Sibylle auf seinem Display „IST DAS AN-STECKEND?" entgegen.

„Quatsch", sagte Philipp schnell. „Und Maschinen können sich sowieso nicht bei Menschen anstecken."

Doch der Roboter hatte bereits die Flucht ergriffen. Im Zickzack fuhr er durch das große Institut, vorbei an Professor Däncker, der ein piepsendes Messgerät in die Dampfwolke über seinem Zimmervulkan hielt, vorbei an Doktor Zufall, der auf einen Schmierzettel gelangweilt quadratische Kreise zeichnete, und vorbei an Swetlana Schrubschtschkowa, die gerade Scherben vorm *Interaktions*-Raum zusammenfegte, den Besen aber gleich zur Seite legte, als sie Tante Sibylle erblickte. Auch die beiden Männer wurden aufmerksam und traten heran.

„Ist das die Tante? Hilfe! Was haben wir da nur angerichtet! Die Frau ist entstellt!", rief der Professor aus. Tante Sibylle sah ihn mit großen Augen an. „Werte Dame, das werden wir selbstverständlich sofort revidieren. Ich fange auf der Stelle an zu denken!" Da weiteten sich ihre Augen noch mehr.

Zum Denken setzte sich Professor Däncker diesmal wieder an einen Computer. Alle sahen zu ihm hin, während er tippte und klickte und dachte und schließlich ausrief: „Ich hab's. Ich hab's. Sie sollten zum Arzt gehen."

Das war nun keine sonderlich originelle Idee, aber vernünftig war sie schon. Philipp zweifelte allerdings, ob ein normaler Arzt seiner Tante würde helfen können. Und auch Tante Sibylle schien nicht allzu zuversichtlich zu sein. Dennoch nickte sie.

Dabei fiel ihr eine besonders dicke Warze aus dem Gesicht. Doktor Zufall schnappte danach. „Ach, wozu ein Arzt!", rief er. „Ich mixe Ihnen ein Gegenmittel zusammen. Und als Basis nehme ich so ein Ding. Gleiches mit Gleichem heilen – das ist die Idee!", rief er.

„Lassen Sie lieber die Hände davon!", rief Philipp.

Doch Doktor Zufall griff zu. Aber auch jemand anders hatte plötzlich Interesse an dieser Warze.

„ICH WILL AUCH – ICH WILL AUCH – ICH WOLLTE IMMER SCHON ARZT WERDEN!" Auf einmal schien sich Phi-Phi nicht mehr vor Ansteckung zu fürchten. Heftig rempelte er Doktor Zufall an, sodass diesem die Warze wieder aus der Hand fiel. Und zwar direkt in den Zimmervulkan. Betreten starrten alle in das rauchende Loch im Fußboden, aus dem es nun entsetzlich zu stinken begann. Es folgte dichter dunkelgelber Qualm, dann eine Stichflamme, begleitet von einem rülpsenden Geräusch.

Noch erschütternder aber war der erstickte Schrei, der jetzt von Tante Sibylle zu hören war. Phi-Phi hatte sie gepackt und fuhr mit ihr rasend schnell, „NOTARZT – NOTARZT"-blinkend ins *Interaktions*-Zimmer. Doktor Zufall stürmte hinterher und zückte bereits ein Taschenmesser, um trotzdem noch an eine Warze zu kommen.

„Lasst meine Tante in Ruhe", brüllte Philipp und wollte ihnen gleich nachrennen. Aber dann fiel ihm etwas Besseres ein: „Frau Schrubschtschkowa, bitte! Sie wissen doch sicher, wie Tante Sibylle zu helfen ist!"

Die Putzfrau sah ihn ernst an: „Ja, ja, ich kann schon etwas machen."

„Liebe Frau Schru – Frau Schrubbbs", fiel jetzt Herr Däncker ein, „dann möchte ich Sie herzlich bitten: Tun Sie es. Tragen Sie dazu bei, dass diese unübersichtliche Situation sich entspannt. Sie haben mein vollstes Vertrauen. Was auch immer Sie tun, ich stehe hinter Ihnen."

„Ich chabe nurrr Angst", murmelte Frau Schrubschtschkowa, „schon die letzten Nebenwirrrkungen warrren unverrrchältnismäßig cheftig." Womit sie zweifellos recht hatte.

Aus dem *Interaktions*-Raum waren Kampfgeräusche zu hören. „Wirrr müssen es rrriskierrren", entschied Swetlana Schrubschtschkowa. „Auf die Gefahrrr chin, dass die nächsten Nebenwirrrkungen noch schlimmerrr werden."

„Was kann denn noch alles passieren?", fragte Philipp.

„Bei Nebenwirrrkungen kann man nie sicherrr sein", raunte die Putzfrau. „Es scheint mirrr nicht unwahrrrscheinlich, dass deine Tante, sobald sie wiederrr rrreden kann, noch viel mehrrr rrredet und trrrratscht und klatscht und schimpft und flucht als jemals zuvorrr."

„Das ist mir dann auch egal", rief Philipp.

„Hauptsache, Sie tun etwas", sagte Erasmus Däncker. „Und die Dame leidet nicht mehr."

Die Putzfrau nickte: „Ja, Herrrrrr Prrrofessorrr. Aberrr Sie müssen mich unterrrstützen. Vielleicht gelingt es uns, wenn wirrr es ganz geschickt anstellen, die schlimmsten Nebenwirrrkungen einzudämmen. Denn es gibt eine Chance – wenn Sie mirrr chelfen!"

„Gern – nur wie?"

„Mit Komplimenten."

„Schönste, liebste, intelligenteste Frau Schrubsch-sch! Als

ob Sie das nötig hätten! Sie wissen doch selbst, dass kein noch so ausgefallenes Kompliment auf dieser Welt Ihrer brillanten Persönlichkeit jemals gerecht werden könnte", flötete Herr Däncker.

„Keine Komplimente fürrr mich, Prrrofessorrrchen, sonderrrn fürrr Philipps Tante!", unterbrach ihn die Putzfrau. „Es brrraucht auch nichts Besonderrres zu sein. Bitte! Sagen Sie ihrrr einfach was Nettes!"

„Hm. Was Nettes."

„Das schaffen Sie schon,", munterte die Putzfrau ihn auf. „Und jetzt kommen Sie."

Auch Philipp lief mit in den *Interaktions*-Raum. Dort lag seine Tante halb auf und halb hinter dem Sofa. Und vor ihr stand der Roboter und versuchte, Doktor Zufall von ihren Warzen fernzuhalten. Der Roboter war ein ausdauernder und geschickter Bewacher. Doch Doktor Zufall hatte sich die Schuhe ausgezogen. Barfuß, sein Taschenmesser in der einen Hand, die Schuhe in der anderen, tänzelte er auf Phi-Phi zu und versuchte, ihm seine Schuhe überzustülpen. Bei Phi-Phis linker Hand war es ihm bereits gelungen. Der Roboter kämpfte weiter, obwohl er geschwächt war. Schon taumelte er, mit einseitig hängenden Gliedern. Und so war es eine Kleinigkeit für Doktor Zufall, ihm auch noch den anderen Schuh auf die rechte Hand zu setzen. Phi-Phi klappte zusammen. **„HILFE! ZU HILFE!"**, leuchtete sein Display matt, dann sank er zu Boden.

Zufrieden ging Doktor Zufall nun mit seinem Taschenmesser auf Tante Sibylle los. „Keine Angst, ich bin ganz vorsichtig", sagte er zu ihr. „Aber so etwas Ungewöhnliches wie diese – diese – die darf ich mir nicht entgehen lassen. Und es ist nur zu Ihrem Besten, werte Dame."

„Nein!", kreischte Philipp auf. „Keine blöden Experimente mehr!" Er stürzte sich auf Doktor Zufall. Der erledigte ihn mit drei Judogriffen. „Was soll das? Ich kämpfe hier für die Wissenschaft", rief Doktor Zufall wütend. „Lasst mich doch endlich meine Arbeit tun – zu unser aller Bestem! Ich brauche diese – diese –"

„Was? Wovon rrreden Sie?", fragte Swetlana Schrubschtschkowa. „Da ist doch schon garrr nichts mehrrr. Und auch sonst ist alles wie immerrr – so als wärrre nichts gewesen."

Und tatsächlich waren mit einem Schlag alle Warzen aus Tante Sibylles Gesicht verschwunden.

„Was für eine schöne Frau!", rief der Professor begeistert aus. Und sogar Philipp musste zugeben: Auch wenn er seine Tante bisher noch nie so betrachtet hatte – ohne Warzen sah sie eigentlich gar nicht schlecht aus. Allerdings wurde sie nun ganz rot im Gesicht.

„Hm. Nur diese Verfärbung", flüsterte der Professor Swetlana Schrubschtschkowa zu, „diese Verfärbung, die gefällt mir nicht."

„Ach", sagte die Putzfrau, „die wirrrd sich wiederrr legen. Das ist eine rrreine Nebenwirrrkung ihrrres Kompliments und absolut ungefährrrlich."

Herr Däncker sah sie verständnislos an: „Kompliment?

Was für ein Kompliment? Ich hab doch noch gar nicht angefangen. Ja, aber, ja, ja, ich hatte es Ihnen versprochen. Und meine Versprechen halte ich. – Werte Dame?", flötete er nun Tante Sibylle an. „Wie geht es Ihrem bezaubernden Blutkreislauf? Können Sie Ihre grazilen Glieder bereits wieder aufrichten?"

Tante Sibylle holte tief Atem und alle erwarteten, dass sie nun auch wieder reden würde – doch sie atmete nur wieder aus. Und dann lachte sie. Der Professor strahlte sie an. Und fuhr fort, jeden einzelnen Körperteil von Tante Sibylle zu loben. Und ihr freundliches Lächeln. Und ihre Ausstrahlung. Sogar ihre Stimme, obwohl er die noch gar nie gehört hatte. Denn bisher hatte sie nicht wieder zu sprechen begonnen. Philipp fragte sich bereits, ob das Ganze funktioniert hatte. Vielleicht war sie zwar ihre Warzen losgeworden, aber stumm geblieben?

Doch da fiel Tante Sibylles Blick auf Doktor Zufall, der mit gesenktem Kopf still im Türeingang stand, sein Taschenmesser in der Hand. Und sie öffnete den Mund: „Was hat dieser grässliche, widerliche, meuchlerische Nebenwirkungsgewinnler hier noch zu suchen? Eine Zumutung, diesen Menschen vor Augen zu haben! – Und jetzt hören Sie auch mal auf zu reden", wandte sie sich an den Professor. „Es reicht. Das ist doch peinlich. Und lächerlich!" Und dann kiekste sie, mit sehr hoher Stimme, und das klang wirklich lächerlich: „Soll ich denn ganz und gar eingebildet werden?"

„Nein", rief der Professor. „Das sollen Sie nicht! Auch

wenn es verständlich wäre – bei so viel Schönheit! Aber vielleicht haben Sie die außerordentliche Güte, Nachsicht gegenüber meinem Assistenten walten zu lassen, der Ihnen nur helfen wollte?" Da musste Tante Sibylle schon wieder lächeln. Einmal versuchte sie es noch, sich so richtig aufzuregen, doch es klappte nicht. Sie stieß zwar eine ganze Reihe von Beschimpfungen hervor, endete jedoch immer in einem nervösen Kieksen und in einem Lächeln. Die Komplimente taten ihr nach all den Tagen mit den hässlichen, grässlichen Warzen umso wohler. Und je länger Erasmus Däncker Komplimente drechselte, desto milder wurde ihr Lächeln und desto schöner sah Tante Sibylle aus. Und je schöner sie aussah, desto länger redete der Professor. Doch irgendwann wurde es Philipp zu viel. So sehr er sich freute, dass es seiner Tante wieder gut ging – es gab noch Wichtigeres auf der Welt.

„Was ist mit meinen Eltern?", rief er. „Was haben sie am Telefon gesagt?"

Tante Sibylle lächelte ihn an. „Ach ja, natürlich – ja, dein Vater hat gesagt, dass sie in Brasilien bleiben wollen."

11. Lange Leitung

„Au", sagte Philipp, „ich hatte schon geahnt, dass sie irgendwas vorhaben. Aber, nun ja, es soll ja sehr schön sein in Brasilien."

„Was machen deine Eltern eigentlich dort?", fragte Professor Däncker.

„Na ja, sie haben ein Puppentheater. Nur ein ganz kleines, es hat Platz in einer Reisetasche und einem Koffer. Damit reisen sie oft herum. Nach Brasilien wollten sie schon lange mal, weil es dort so tolle Puppenspieler gibt. Vor einiger Zeit wurden sie zu einem Festival eingeladen und danach wollten sie sich noch etwas umschauen – wenn sie schon mal dort sind, dachten sie ... Mehr weiß ich auch nicht. Tante Sibylle, haben sie dir was Genaueres erzählt?"

„Nein, nur dass sie gleich für immer dort bleiben wollen, wenn sie schon mal da sind."

„Na, dann muss es ihnen ja wirklich sehr gefallen! Aber, hm, eigentlich würde ich doch gern wissen, wie sie sich das genau gedacht haben. Ich meine, sie sind dort und ich bin hier –"

„Ruf sie an!", rief der Professor. „Alle Apparate in diesem Institut stehen dir zur Verfügung!"

„Da gibt es leider ein Problem", fiel nun Tante Sibylle ein. „Ihr Handy funktioniert schon seit Wochen nicht mehr. Wahrscheinlich haben sie mal wieder die Telefonrechnung nicht bezahlt, diese unpünktlichen, vergesslichen, liederlichen, unverantwortlichen Chaoten – wie auch immer", unterbrach sie sich mit einem Kieksen. „Deshalb müssen wir warten, bis sie von sich aus von irgendeinem Telefon aus anrufen. Wo wir sie erreichen können, das wissen wir gar nicht."

„Aber das", sagte der Professor, „ist überhaupt kein Problem. Ganz im Gegenteil – das bietet uns endlich die Chance, unser Suchtelefon erstmals sinnvoll einzusetzen!"

„Was für ein Telefon?", fragte Philipp.

„Das ist eine Anlage", erklärte Herr Däncker stolz, „mit der kann man auch Leute erreichen, die gar kein Telefon haben, nicht einmal das allerkleinste Handy."

„Und so eine Anlage haben Sie entwickelt? Aber das – das wäre ja eine Revolution im Fernmeldewesen!", rief Tante Sibylle.

„Sie sprechen ein großes Wort gelassen aus, meine Werteste", nickte Professor Däncker. „Ja, und wir haben es geschafft. Es liegt zwar schon einige Monate zurück und genau weiß ich bis heute nicht, wie das wirklich funktionieren konnte. Aber Doktor Zufall war mir eine große Hilfe dabei – wenn Sie mir noch einmal zur Hand gehen könnten", wandte er sich nun an seinen Assistenten. Doch der war bereits unterwegs. Eifrig suchte er auf den Arbeitstischen und im *Vakuum* alle möglichen Geräte zusammen, schleppte mehrere Telefone, eine Satellitenschüssel, einen Transformator, einen Verstärker, einen Laptop und verschiedene Kleinteile an.

„Wollen Sie diese Technik tatsächlich wiederrr einsetzen?", fragte die Putzfrau. „Herrrrr Dänckerrr, denken Sie an die Nebenwirrrkungen."

„Was für Nebenwirkungen?", fragte Tante Sibylle alarmiert. „Gefährliche, beschwerliche, unvermeidliche Nebenwirkungen?"

„Ach ja, da gab es ein kurioses Phänomen – eine nebensächliche Nebenwirkung, im Grunde zu vernachlässigen", erklärte der Professor. „Ich war unterwegs in der Stadt und dort hat mein Assistent mich mit dieser Anlage erreicht. Es war ein sehr kurzes Gespräch, ich habe nur einen einzigen Satz gesprochen, einen Testsatz, was man in solch einer Situation eben sagt: *Das Pferd frisst keinen Gurkensalat.* Dieser Satz ist durchs Telefon verständlich übertragen worden. Na ja, und danach ist er hiergeblieben."

„Hiergeblieben?", fragte Philipp.

„Nun, er war eben hier, der Satz. Er ist durchs Institut geschwirrt. Zum Teil mit erheblicher Geschwindigkeit. Aber niemand ist verletzt worden – also alles völlig undramatisch."

„Was cheißt chierrr undrrramatisch? Ich chatte wochenlang damit zu tun, bis dieses blöde Pferrrd mit diesem idiotischen Gurrrkensalat ganz aus dem Institut verrrschwunden warrr!", regte sich die Putzfrau auf.

„Aber sehen Sie, Sie haben es am Ende geschafft. Das ist doch großartig", sagte Professor Däncker. „Dass wir bis zur Serienreife noch etwas an dieser Erfindung feilen müssen, das habe ich niemals bestritten. Jedenfalls funktioniert es und das Risiko ist beherrschbar."

„Dieserrr Gurrrkensalat ist mirrr so auf die Nerrrven gegangen!", grummelte Frau Schrubschtschkowa. „Und das war nurrr ein Test, ein extrrrem kurrrzes Gesprrräch. Bei einem echten Telefonat kann ich fürrr nichts garrrantierrren."

„Das brauchen Sie ja auch gar nicht. Das ist meine Sache und die meines Assistenten. Ich bin sehr froh, dass er wieder eine interessante Aufgabe hat, die zudem ungefährlich – gut, ja, vielleicht lästig, aber doch ungefährlich ist."

Noch während er sprach, regte Phi-Phi, der bis dahin steif in einer Ecke gelegen hatte, schwach und unbeholfen einen Arm. „ICH AUCH! ICH WILL AUCH MITMACHEN. ICH WOLLTE IMMER SCHON FERNMELDETECHNIKER WERDEN!", erschien auf seinem Display.

Doch Doktor Zufall hatte zusammen mit dem Professor bereits alle Geräte auf dem Couchtisch angeschlossen und verkabelt. „Los!", rief er. „Alles ist bereit!"

Tante Sibylle zögerte noch: „Wollen wir uns wirklich auf so ein gefährliches Vorhaben einlassen?"

„Ich will – nein, ich muss unbedingt meine Eltern sprechen!", entschied Philipp.

„Also gut", seufzte die Putzfrau, „dann sollst du sie sprechen."

Der Assistent drückte Philipp einen Telefonhörer in die Hand. Der Professor hatte sich an den Laptop gesetzt. Über den Bildschirm überprüfte er die Verbindungskomponeten und fragte dann: „Wie heißen deine Eltern?"

„Klapproth-Zischl", sagte Philipp. „Elena und Matthias Klapproth-Zischl."

„Gut. Immerhin ein nicht allzu häufiger Name. Wann sind sie geboren? Und wo? Wo halten sie sich jetzt in etwa auf? In Nordbrasilien oder in Südbrasilien? Und haben sie eher hohe oder eher tiefe Stimmen? Wie tief? Ungefähr so?" Er spielte Philipp mehrere Töne und Stimmproben vor. Philipp gab Auskunft, so gut er konnte. Dann nahm der Computer Verbindung auf. Aus dem Telefonhörer drang Rauschen, dann Quietschen, schließlich Stimmengewirr. Philipp versuchte, die Stimmen seiner Eltern aus diesem vielsprachigen Gerede herauszuhören. Mal meinte er, seine Mutter zu vernehmen, dann wieder seinen Vater – doch immer nur aus weiter Ferne, überdeckt von anderen Stimmen.

„Moment, Moment, das dauert noch ein bisschen", beruhigte ihn Professor Däncker. „Die Verbindung steht noch gar nicht."

Also hielt Philipp weiter den Telefonhörer in der Hand und horchte in das Durcheinander von Geräuschen, bis es auf einmal still wurde. Und dann hörte er, laut und klar, die Stimme seines Vaters. Sie sagte gerade: „Ach was, das wird schon alles. Etwas Besseres hätte uns gar nicht passieren können." Im Hintergrund waren zwar auch noch andere Stimmen zu hören, daneben Schritte, Pfiffe, Türknallen und sonstiger Krach; aber hier sprach eindeutig sein Vater.

„Papa! Hallo, Papa!", rief Philipp.

„Hallo, nanu, hallo – Philipp?"

„Wie geht's euch?", fragte Philipp.

„Na, großartig ist es hier!", sagte sein Vater. „Die Landschaft, einfach wunderbar! Und erst die Städte!"

„Toll", sagte Philipp. „Und was macht ihr so?"

„Und dann die Leute!", fuhr sein Vater fort. „Und außerdem das Wetter, das ist hier so was von gut!"

„Hier auch", meinte Philipp.

„Aber bei euch müsste doch schon Herbst sein?"

„Ein heißer Herbst", sagte Philipp. „Schön warm."

„Na, das ist ja fein. Also, das Wetter hier; du kannst es dir nicht vorstellen. Und das Essen – hervorragend."

„Dann stimmt es also", fragte Philipp, „was Tante Sibylle erzählt hat? Ihr wollt in Brasilien bleiben?"

„Ja", sagte sein Vater, „weißt du, eine solche Chance hätten wir zu Hause nie bekommen."

„Ist es so gut gelaufen auf dem Festival?"

„Ach ja", sagte sein Vater. „Und außerdem wollen wir hier die Leitung eines Autosalons übernehmen. Weißt du, ein Riesenladen. Die Leute sind hier ganz wild aufs Autokaufen." Und tatsächlich hörte es sich so an, als ob im Hintergrund Autotüren auf- und zugeschlagen würden.

Philipp stutzte. „Aber ich hatte gedacht – also, bist du sicher, dass das das Richtige für euch ist? Ihr habt doch nicht einmal den Führerschein, alle beide nicht!"

„Den machen wir jetzt! Mama hat die Fahrprüfung sogar schon bestanden."

„Aber könnt ihr überhaupt Brasilianisch?"

„Hier spricht man Portugiesisch", erklärte sein Vater.

„Aber könnt ihr das?"

„Oh, immer besser!"

„Aber – aber von Geschäften versteht ihr doch auch nichts!", rief Philipp.

„Siehst du, deshalb wird es höchste Zeit. Das ist die Gelegenheit! Und außerdem ist es so schön hier. Ein ganz anderes Lebensgefühl! Einfach großartig! Und du kannst dann auch vielleicht schon nächstes Jahr zu uns kommen!"

Philipp musste schlucken. „Wie bitte? Nächstes Jahr?"

„Ja, bis dahin müssten wir uns so weit eingerichtet haben. Weißt du, wir wollen uns erst einmal aufs Geschäft konzentrieren. Da hätten wir gar keine Zeit für dich. Und es ist doch ohnehin gut, wenn du früh selbstständig wirst. Das ist das Beste, was dir passieren kann: nicht ständig die eigenen Eltern als Aufpasser hinter dir zu haben; und in Brasilien müssten wir wirklich auf dich aufpassen. Das Leben ist gefährlicher hier – also, so einfach herumstreunen und alles mögliche Zeugs aufsammeln, wie du es sonst tust, das geht hier nicht. Und außerdem –" Aber nun waren noch andere Stimmen zu hören. Philipp konnte nicht ganz verstehen, worum es ging.

„Was ist da los?", fragte Philipp immer wieder, doch es dauerte, bis sein Vater sagte: „Du, es passt gerade leider nicht so gut. Wir bereiten hier die Verträge vor."

„Was für Verträge? Was macht ihr da? Kann ich Mama mal sprechen?", fragte Philipp – aber da war sein Vater auf einmal gar nicht mehr zu hören.

„Und? Was haben sie gesagt?", fragte Tante Sibylle, als Philipp schließlich frustriert aufgelegt hatte.

„Na ja, das werrrden wirrr gleich selbst hörrren", murmelte Swetlana Schrubschtschkowa. Und schon begann tatsächlich die Stimme von Philipps Vater durch den Raum zu schießen. *Hier spricht man Portugiesisch* zischte auf einmal laut vorbei. Und: *Weißt du, eine solche Chance hätten wir zu Hause nie bekommen.*

Die Sätze waren nicht zu sehen, aber umso besser zu hören. Und auch zu spüren. Von *Und du kannst dann auch vielleicht schon nächstes Jahr zu uns kommen!* fühlte sich Philipp geradezu geohrfeigt. Andere Sätze sausten nur knapp an seinem Kopf oder an seinen Schultern vorbei. Der Ausruf *Ein ganz anderes Lebensgefühl!* schlug ihm heftig auf den Bauch. Auch die anderen fühlten sich belästigt. Dennoch rieten sie Philipp, die Sätze zu ignorieren. „Mach dirrr keine Gedanken. Es wirrrd sich alles rrregeln lassen", meinte Swetlana Schrubschtschkowa. Und selbst Tante Sibylle, die der Putzfrau noch nicht völlig zu trauen schien und immer einen gewissen Sicherheitsabstand zu ihr hielt, konnte nicht anders, als ihr zuzustimmen: „Ja, sie werden dich sicher bald anru-

fen, mit einem normalen Telefon, ohne Nebenwirkungen, und dann werdet ihr das klären können. Deine Eltern halten es doch nicht lange aus ohne dich – diese dümmlichen, abenteuerlich gemeingefährlichen, gründlich vergesslichen, unverbesserlichen – nein", sie kiekste, „ich meine natürlich, deine lieben, zuverlässigen, unersetzlichen Eltern, die doch gar nichts anderes wollen, als endlich was Vernünftiges zu arbeiten und ordentlich Geld zu verdienen. Was ich ja auch nur gut finde. Das war höchste Zeit! Und selbstverständlich freu ich mich, wenn du noch etwas länger bei mir wohnen willst." Doch sehr überzeugend klang das leider nicht.

Doktor Zufall tippte hektisch auf der Computertastatur herum, kappte zwischendurch die Kabel zwischen Telefon und Verstärker; aber es gelang ihm nicht, die herumschwirrenden Sätze einzufangen oder wenigstens etwas zur Ruhe zu bringen – im Gegenteil, sie wiederholten sich immer häufiger. Professor Däncker war fasziniert. „Was für ein Phänomen", flüsterte er, „was für eine wunderbar eindeutige, direkt nachvollziehbare Nebenwirkung. Diese klaren Stimmen, diese präzise Wiederholung. Das *ist* die ultimative Revolution im Fernmeldewesen." Er machte sich Notizen.

Die herumschwirrenden Sätze seines Vaters ließen Philipp jedenfalls nicht in Ruhe, egal, was seine Tante oder Frau Schrubschtschkowa sagten. Einer traf ihn im Rücken, ein anderer piekste ihn fies ins Bein. Und dann prallte einer gegen seine Stirn. Da reichte es ihm.

„Ich muss nach Brasilien", rief Philipp. „Sofort."

12. Eine unmögliche Reise

„Also, wenn's weiter nichts ist", rief Erasmus Däncker aus. „Da weiß ich den Weg. Ich bin nämlich zu der Überzeugung gekommen, dass es sich bei unserem privaten Zimmervulkan um eine Verbindung zu allen Punkten in der ganzen Welt handelt."

„Wie kommen Sie denn auf diese – hm – ziemlich erstaunliche Theorie?", fragte Tante Sibylle spitz.

„Oh, auf den Filmaufnahmen, die ich mit meiner Mikrokamera dort unten gemacht habe, ist zwar nichts zu erkennen – aber genau das stimmt mit meinen Berechnungen überein", erklärte der Professor.

„So etwas kann gar nicht funktionieren", meinte Doktor Zufall entschieden.

In den Krater eines Vulkans steigen war das Letzte, was Philipp vorhatte. „Da drinnen verbrenne ich doch", rief er.

„Ja, ja, das wär vielleicht eine etwas zu schwere Nebenwirkung", sah dann auch Professor Däncker ein. „Aber wie wäre es, wenn wir den einen oder anderen Hydranten draußen vor der Tür anzapfen und Wasser in die unterirdischen

Verbindungen leiten würden? Genug von den Dingern gibt es ja."

„Damit ich ertrinke?"

„Tja", sagte Doktor Zufall, „stimmt, das geht auch nicht. Reisen zum Mittelpunkt der Erde sind ohnehin völlig unzeitgemäß. Heutzutage kann man doch beamen! Komm, wir beamen dich nach Brasilien. Das geht schnell, einfach und macht Spaß."

Das klang schon besser. Philipp stellte es sich großartig vor, von einem Moment zum anderen in Brasilien zu sein.

„Aberrr –", begann die Putzfrau.

„Kein Aber!", rief der Professor. „Frau Schrubsch! Jetzt gucken Sie nicht so skeptisch! Mein Assistent hat recht. Beamen – das ist die Technik der Zukunft. Bisher lassen sich zwar nur einzelne Teilchen beamen. Aber sind wir nicht alle aus kleinsten Teilchen zusammengesetzt? Und wenn wir uns gleich daranmachen, dann können wir es in dieser Technik noch weit bringen."

„Wie können Sie nur so unverbesserlich kindlich lächerlich zuversichtlich sein!", regte sich jetzt Tante Sibylle auf. „Wenn mein Neffe teilchenweise in Brasilien ankommt, dann werden seine unglücklichen Eltern mir etwas husten! Und sie hätten recht damit. So ein unverantwortlicher, offensichtlich hochgefährlicher Schwachsinn! – Entschuldigung, nein", wieder kiekste sie kurz, „ich nehme den Jungen, wir buchen einen Flug und dann besuchen wir gemeinsam deine Eltern. Das scheint mir das Allerbeste."

„Das dauert viel zu lange! Ich muss wissen, was da los ist! Was ist mit diesen Verträgen?" Gerade sauste der entsprechende Satz seines Vaters wieder einmal durch den Raum. „Wenn sie etwas unterschreiben, dann ist das vielleicht nicht mehr rückgängig zu machen! Ich muss sofort dorthin!"

Tante Sibylle gab es ungern zu, aber die Verträge bereiteten auch ihr Sorgen: „Tja, dieses missliche Detail – das könnte Ärger geben."

Professor Däncker überlegte. Und überlegte. Schließlich seufzte er: „Na, dann, dann greifen wir eben zum allerletzten Mittel. – Frau Schrub-Schrubsch? Haben Sie nicht irgendetwas beizutragen? Sie beobachten doch aufmerksam unsere Arbeit. Fällt Ihnen nicht irgendein Weg ein, den wir bisher übersehen haben?"

„Also gut", seufzte sie. „Na ja, man könnte Ihrrren Ansatz des Soft-Beamens aufgrrreifen."

Der Professor stutzte. „Meinen Ansatz? Hab ich so etwas jemals – ach ja, ja, natürlich, das Soft-Beamen, die Komfort-Teleportation, ja, natürlich! Können Sie mir eben nur rasch sagen, wie das noch mal funktioniert?"

Die Putzfrau überging diese Frage. Stattdessen murmelte sie: „Wirrr müssen die Nebenwirrrkungen gerrring halten."

Dieser Meinung war auch Tante Sibylle. Und so überwand sie sich und ging direkt auf die Putzfrau zu und reichte ihr beide Hände. „Ja, bitte achten Sie darauf, dass dem Jungen nur nichts passiert! Sie – Sie – Sie, ausgerechnet Sie mit Ihren unaussprechlich hässlichen, grässlichen Gartenzwergen! Sie hatten mir ja ganz schön was eingebrockt mit Ihrer –", sie kiekste. Dann fuhr sie ruhiger fort: „Tja, was das genau war, weiß ich gar nicht mehr. Und ob Sie überhaupt etwas dafür konnten. Wie auch immer, ich will nicht nachtragend sein! Schließlich geht es mir jetzt schon wieder besser – ja, fast möchte ich sagen besser als je zuvor. Also, helfen Sie Philipp. So gut es irgend geht." Dann wandte sie sich an Professor Däncker. „Wenn Sie den Jungen nach Brasilien beamen, dann komme ich selbstverständlich mit. Ich habe seinen Eltern versprochen, auf ihn aufzupassen, also tu ich das auch."

„Ich möchte auch mitreisen", rief Doktor Zufall. „Ich bin sportlich, ich kann den Jungen verteidigen, falls es unterwegs Probleme gibt."

„Tut mir leid", sagte Erasmus Däncker. „Ihr Engagement in Ehren. Aber Sie sollten auf Ihre Gesundheit Rücksicht nehmen. Nach all den heftigen Nebenwirkungen, mit denen Sie in letzter Zeit zu kämpfen hatten, erscheint mir das zu riskant. Und das, werte Dame, gilt leider auch für Sie."

„Aber allein können wir den Jungen doch nicht um den Globus beamen", rief Tante Sibylle.

„Das hat auch niemand vor", beruhigte der Professor sie.

„Dann würden Sie – oder Sie?" Hoffnungsvoll sah Tante Sibylle zu Frau Schrubschtschkowa hin.

„Es tut mir leid, aber Frau Schrubschtsch-sch brauche ich hier, um diese Stimmen im Raum loszuwerden. Und natürlich auch weiterhin für die allgemeine Hygiene. Und – da fällt mir ein: Was machen eigentlich unsere Finanzen?"

„Machen Sie sich darrrum nurrr keine Sorrrgen", sagte Frau Schrubschtschkowa. „Jetzt chaben wirrr nun wirrrklich ein anderrres Prrroblem."

„Ja, ja, und selbstverständlich müssen Sie mir auch dabei helfen, von hier aus diesen gesamten Transportationsprozess zu steuern. Wir praktizieren schließlich integrative Teamarbeit. Da kann ich auf Sie nicht verzichten. Aber glücklicherweise haben wir ja noch unseren vollelektronischen Mitarbeiter. Vielseitig einsetzbar und widerstandsfähig. So eine Maschine hält einfach mehr aus!" Professor Däncker zog dem Roboter die Schuhe ab. „Pfiffi? Pfiffi? Hast du gehört?"

„Willst du mit mir nach Brasilien reisen, Phi-Phi?", fragte Philipp.

„NATÜRLICH. ICH WOLLTE IMMER SCHON BODYGUARD WERDEN!", antwortete der Roboter und richtete sich auf.

„Na, wunderbar. Dann kann ja gar nichts passieren. Wir werden euch natürlich dennoch nicht aus den Augen – beziehungsweise aus den Ohren lassen", sagte Herr Däncker. „Hier, das ist eine unserer letzten Erfindungen. Genau das Richtige zur Fernüberwachung." Er präsentierte ein etwa handgroßes Gerät, mit einem Gehäuse aus hellgelbem Plastik und einer kurzen Antenne.

„Ein Babyfon? Ich bin doch schon groß", beschwerte sich Philipp. Das letzte Mal, als seine Eltern ihm so ein Gerät neben das Bett gestellt hatten, lag viele Jahre zurück.

„Das ist ein Ultra-Space-Babyfon", beruhigte ihn der Professor. „Es sieht zwar aus wie ein handelsübliches Babyfon, wir haben es jedoch umfassend manipuliert und nun entspricht es internationalen Geheimdienststandards. Und das Gerät bekommst auch nicht du umgehängt, sondern Phi-Phi."

„Damit er uns nicht abhanden kommt", fiel Doktor Zufall ein. „Es wäre doch schade um die teure Maschine."

„Außerdem verträgt er die Strahlen und Hitzewellen dieses leistungsstarken Babyfonsenders besser", murmelte der Professor. „Wie auch immer", fügte er lauter hinzu. „Auf nach Brasilien!"

Rund um den größten Computer im ganzen Institut stellte Doktor Zufall noch andere Computer und verband sie zu einem komplizierten Netzwerk. Philipp und Phi-Phi stellten sich auf den nächstgelegenen Arbeitstisch. Der Roboter zappelte herum und blinkte aufgeregt, seltsame Zeichen, lauter kleine Lichter liefen über sein Display.

„Ruhig, ruhig, Pfiffi", sagte Erasmus Däncker, „stör unsere Wellen nicht." Er richtete eine sehr helle Lampe auf die beiden, setzte sich an den großen Computer und tippte eifrig Befehle ein. Es war heiß im Lampenlicht. Philipp fragte sich, ob er nun wirklich nach Brasilien gelangen würde. Doch Doktor Zufall rief bereits: „Also – los!" Philipp hörte nur noch, wie Swetlana Schrubschtschkowa „Gute Rrreise!" rief.

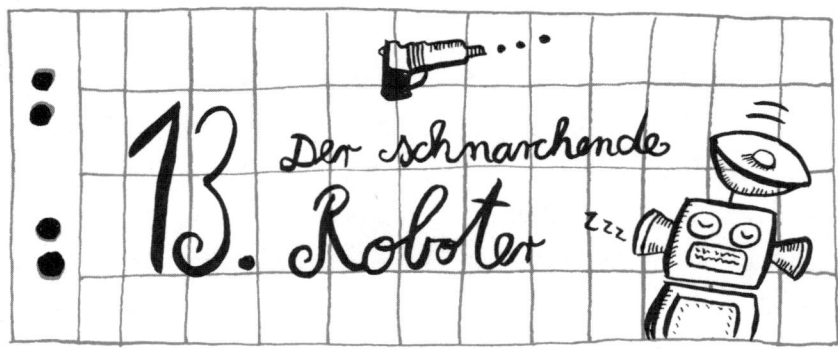

13. Der schnarchende Roboter

Und dann waren sie in Brasilien. Das heißt, Philipp nahm an, dass sie in Brasilien waren, denn viel von Brasilien sah er nicht. Sie befanden sich in einer Art Garage. Einer sehr großen, aber einfach gebauten Garage aus Beton, in der ziemlich viele Autos standen. Dazwischen lag Müll; zerknülltes Papier, Getränkedosen. Vielleicht auch noch etwas anderes. Sicher war sich Philipp nicht. Er wollte nachschauen, ob irgendetwas Interessantes dabei war. Doch ihm schwirrte der Kopf, er fühlte sich müde, ganz zerschlagen. Warm war es und schwül. In einiger Entfernung meinte er Stimmen zu hören, Stimmen in einer Sprache, die er nicht verstand.

Neben ihm kauerte der Roboter. Und auch er schien nicht fit zu sein, sondern wirkte äußerst schlapp. Dabei trug er keine Schuhe an den Händen. Auch die rasselnden Geräusche, die er von sich gab, hörten sich beunruhigend an. Hoffentlich hatte seine Technik nicht unter der Reise gelitten. Philipp stupste ihn an. Sofort hörte das Rasseln auf. Der Roboter schreckte auf. „WANN SIND WIR DA?", fragte er.

„Komm, wir schauen mal da rüber", flüsterte Philipp. Er

nahm Phi-Phi an einer seiner Metallhände und zog ihn mit sich. Allmählich gewöhnten sich seine Augen an das Halbdunkel in der Garage. „Vorsichtig!", flüsterte er. Am anderen Ende des Raums sah er mehrere Männer stehen. Sie lachten und redeten, doch Philipp verstand nicht, was sie sagten. Schließlich trennten sie sich. Die größere Gruppe verschwand durch eine Tür im Hintergrund. Doch zwei Männer, ein dicklicher und ein dünner, blieben und kamen nun direkt auf Philipp und Phi-Phi zu. Schnell duckten sie sich hinter einen Wagen. Als die beiden Männer vorbeigingen, war Philipp überrascht, dass er sie verstehen konnte. Sie sprachen Deutsch. Irgendetwas von „bereitstehenden Autos" redeten sie und von „diesen unbedarften Kleinkünstlern." Und dann lachten sie, bis der eine sagte: „Sei still!"

Philipp fürchtete schon, die beiden Männer hätten ihn und Phi-Phi entdeckt. Doch sie hatten zwei andere Gestalten kommen sehen. Ein Mann und eine Frau waren in der Garage aufgetaucht. Philipp stockte der Atem – das waren seine Eltern! Sie gingen direkt auf die beiden Männer zu.

„Na, alles klar?", fragte der dünne Mann und schlug seinem Vater auf die Schulter.

„Alles klar", antwortete sein Vater. „Ich würd nur gern noch ein paar Runden auf dem Parkplatz drehen. Ich hab doch nachher meine Fahrprüfung, davor will ich noch etwas üben. Darf ich eins von den Autos ausleihen?"

„Welches du willst, welches du willst! Bald gehört hier sowieso alles euch. Nur noch einen Moment. Ich hol mal eben

die Schlüssel und bring dann auch gleich die Papiere mit."
Damit verabschiedeten sich die Männer. Philipps Eltern blieben allein zwischen den Autos stehen. Philipps Vater strich mit den Fingern über den Seitenspiegel des nächsten Autos. „Bald gehört uns hier sowieso alles", murmelte er zufrieden.

„Wollen wir uns das nicht doch noch mal überlegen?", hörte Philipp nun die Stimme seiner Mutter. Und da konnte er nicht anders, als aus seinem Versteck aufzutauchen. „O ja, das solltet ihr! Überlegt euch das gut!", rief er.

„Philipp, misch dich nicht immer ein. Das ist unsere Entscheidung", sagte sein Vater und schlug mit der flachen Hand aufs Autodach.

„Moment mal – Philipp? Philipp!" Nun erschrak seine Mutter heftig. „Bist du es wirklich? Bist du wirklich hier? Aber wie –?"

„Ach, ich habe eine günstige Mitfahrgelegenheit gefunden", versuchte Philipp möglichst lässig zu sagen. Doch dann fiel er seiner Mutter um den Hals. Und so erschöpft und müde er sich auch fühlte, wusste er auf einmal, dass ab jetzt alles gut werden musste. Auch sein Vater nahm ihn in die Arme. „Mensch, Philipp. Das ist aber eine Überraschung!"

„Papa! Ach, Papa! Ich bin ja so froh!", rief Philipp erleichtert. „Was macht ihr nur für Sachen!"

„Oh, uns geht's besser als jemals zuvor! Wir haben hier unglaubliche Dinge erlebt – und unglaubliches Glück gehabt", sagte sein Vater. Dann horchte er auf: „Was ist das? Da ist doch jemand, hinter diesem Auto."

Auch Philipp hörte etwas – allerdings wusste er gleich, was das war. Phi-Phi hatte wieder zu rasseln begonnen.

„Da schnarcht jemand!", sagte Philipps Mutter.

„Quatsch", sagte Philipp, „der hat doch nicht einmal eine Stimme zum Sprechen, der kann gar nicht schnarchen." Aber dann hörte er genauer hin, während sie ums Auto herum auf den Roboter zugingen. Und er musste seiner Mutter recht geben: Phi-Phi schnarchte. Er schlief im Stehen und schnarchte dabei. Wie sollte er diesen Begleiter nur seinen Eltern vorstellen: Das ist Phi-Phi, schnarchender Roboter und Reisegefährte? Mein Bodyguard? Assistent eines Assistenten in einem Privatinstitut, auf der anderen Seite der Erdkugel?

„Das? Oh, das!", Philipp kam eine Idee. „Das ist eine neue Puppe. Für euer Theater. Sie ist großartig. Nur gerade etwas schlapp. Aber sie ist voll beweglich, seht ihr", unauffällig stieß er Phi-Phi an, doch der rührte sich nicht, „na ja – normalerweise. Normalerweise bewegt er sich von allein! Und wie! Und er hat so einen schönen Sender um den Hals hängen! Sieht zwar aus wie ein Babyfon, in Wirklichkeit ist es jedoch modernste Hochtechnologie. Damit kann man um die halbe Welt funken."

Seine Eltern schien das wenig zu beeindrucken. Philipp blieb jedoch dabei: „Er wird sicher ein Star auf eurer Bühne!"

Sein Vater winkte ab: „Netter Versuch, Philipp. Nein, Puppentheater, das ist vorbei. Damit kann man nichts verdienen."

„Du hast ganz recht. Diese ständigen Geldsorgen in den letzten Jahren, das muss ein Ende haben. – Hm, niedlich ist er ja schon. Ich spüre ein künstlerisches Potenzial in diesem Schnarchen. Wie heißt sie denn, diese Roboterpuppe?", fragte Philipps Mutter.

„Phi-Phi", sagte Philipp.

„Fifi!", rief seine Mutter aus. „Das ist ein prima Name für eine Theaterkarriere! Fifi!" Phi-Phi war sogar zu müde, um zu protestieren. Allmählich begann Philipp sich um ihn Sorgen zu machen. Seine Mutter dagegen kam ins Schwärmen: „Oh, ich seh es schon vor mir – wir machen ein Stück über einen Roboter auf Reisen. Ein Stück für Erwachsene und Kinder! Mit Kulissen aus Pappmaschee und handgewebten und bemalten Stoffen! Mit philosophisch tiefen Dialogen und selbstverständlich viel Spannung! Weisheit und Verfolgungsjagden! Das ist die Mischung! – Matthias, das müsste doch drin sein, dass wir nebenbei ein neues Stück mit diesem Roboter erarbeiten. Nur ein kleines. In den Ferien! Ja, ja, wir wollen eigentlich nicht mehr mit Puppen spielen, das möchte ich ja auch nicht. Aber ab und zu die eine oder andere Aufführung, das eine oder andere Festival ..."

„Ach, Elena. Nein. Kein Puppentheater mehr. Wir müssen endlich erwachsen werden."

„Der Meinung bin ich ja auch", sagte sie.

„Aber wieso denn?", fragte Philipp. „Ihr seid doch erwachsen. Immer schon gewesen – also, seit ich euch kenne!"

„Nein, nein, nein. Ich meine, wir müssen etwas aus unserem Leben machen", erklärte sein Vater. „Vernunft annehmen. Und Geld verdienen. Mit Geld geht alles leichter."

Das hörte Philipp nicht zum ersten Mal. Und er wusste, dass sein Vater recht hatte. Ja, er hätte schon gern viel Geld gehabt, nicht sehr viel, aber ausreichend; regelmäßig Taschengeld und neue Klamotten und Skier und ein Mountainbike und einen Computer und nie wieder Streit zwischen seinen Eltern, weil das Geld nicht reichte.

„Und stell dir vor", erzählte nun sein Vater, „hier, ausgerechnet hier treffe ich einen ehemaligen Klassenkameraden, weißt du, den Dietrich. Und bei dem merkst du sofort: Der ist wirklich erwachsen. Der weiß, wie es läuft. Der hat hier einen Autoverkauf für Neu- und Gebrauchtwagen aufgezogen. All diese Autos gehören ihm! Und die ganze Garage! Großartig! Und dann die Villa – einfach unglaublich! Du, da drin verläuft man sich. Und erst das Wochenendhaus direkt am Meer! Und außerdem noch das in den Bergen. Dazu hat er natürlich jede Menge Autos. Und Geld. Was der seinen Kindern alles kaufen könnte, wenn er welche hätte! Na ja, dafür hat er sehr viele Freunde. Und Freundinnen. Und natürlich Bodyguards, richtige Leibwächter, eine ganze Gruppe!" Philipps Vater wurde immer begeisterter. Philipps Mutter lächelte. Nur der Roboter schnarchte stur vor sich hin. Philipp stieß ihn an.

„Ach, lass ihn doch", sagte seine Mutter, „ist ja kein Wunder, dass er einen Jetlag hat, nach der langen Reise."

Philipp wusste nicht, was ein Jetlag war. Er hoffte nur, dass es schnell wieder verging. Von dem Roboter waren weiterhin Schnarchgeräusche zu hören. Sein Display flimmerte unruhig. Seltsame Bilder jagten darüber hinweg.

„Armer Phi-Phi", sagte Philipp. Da öffnete der Roboter die Augen und sein Display leuchtete auf: „ICH WOLLTE IMMER SCHON SCHLAFEN LERNEN. BISHER KANNTE ICH NUR MEINEN STAND-BY-BETRIEB. JETZT TRÄUME ICH SOGAR!"

„Das ist aber ein schlechter Zeitpunkt zum Träumen", flüsterte Philipp ihm in das rechte der beiden Spracherkennungsmikrofone, die Phi-Phi anstelle von Ohren trug. „Komm schon. Da sind wir nun einmal in Brasilien, du hast gerade erst meine Eltern kennengelernt, mein Vater hat etwas zu erzählen – und du schläfst! Das wirkt unhöflich."

Der Roboter öffnete seine Augen und schloss sie wieder. „Bitte", flüsterte Philipp. „Bitte, reiß dich zusammen."

Sein Vater war inzwischen dazu übergegangen zu berichten, wie sein Klassenkamerad Dietrich ihm angeboten habe, sein Autogeschäft zu übernehmen: „Weißt du, er hat tatsächlich in ein paar Jahren so viel Geld verdient, dass er jetzt keins mehr braucht. Deshalb will er mir hier alles schenken! Das kann er sich leisten; stell dir das mal vor! Seine Häuser, die hat er verkauft, das hat ihm so viel gebracht, dass er den Laden einfach uns überlassen will."

„Toll", sagte Philipp.

„Und nur, weil wir früher zusammen Fußball gespielt haben! Da hat er Vertrauen, sagt er, dass ich seine Großzügigkeit auch wirklich zu schätzen weiß. Er will mir eine Chance geben, weil ich ihm leid tue mit meinem Puppentheater – in meinem Alter. Und es ist eine große Chance!

Außerdem gefällt mir das Land gut. Diese Landschaft – alles so üppig hier! Die Früchte sind größer als bei uns. Hättest du das gewusst? Und mit dem Geschäft kann gar nichts schiefgehen. Dietrich hat gesagt, dass er mit jedem Auto drei Viertel des Verkaufspreises verdient. Und die Kunden reißen sich nur so um die Autos. Er könnte jeden Wagen drei- oder viermal verkaufen! Ach, wenn das erst einmal bei uns auch so läuft –"

„Oder nur halb so gut, das reicht ja", fiel Philipps Mutter ein. „Dann können wir noch großartigeres Puppentheater machen, mit viel besserer Ausstattung, und dann haben wir vielleicht auch mehr Erfolg damit."

Philipps Vater unterbrach sie: „Was ist mit diesem Roboter los? Der macht mich ganz nervös."

Tatsächlich wirkte Phi-Phi überhaupt nicht mehr schläfrig. Er hatte seine Spracherkennungsmikrofone aufgestellt und über sein Display sausten Zahlen und andere Zeichen und dann die Schrift: „ICH HÖRE ZU. ICH RECHNE."

„Aha, aha – ja, rechnen muss ich auch wieder üben für diesen Job", sagte Philipps Vater. „Aber das wird schon. Ich war früher mal gut in Mathematik. Und außerdem hat Dietrich gesagt, dass das Geschäftliche ganz einfach sei. Das lernt man so nebenbei, während man es tut. Er habe am Anfang auch keine Ahnung gehabt, man merke jedoch schnell, wie der Hase läuft." Wieder starrte er Phi-Phi an, der jetzt begann, gelb zu blinken: „Was hat der nur?"

„DIE RECHNUNGEN ERGEBEN: ZU GUTE BEDINGUNGEN. VIEL ZU VIEL GEWINN, VIEL ZU VIELE GUTE KUNDEN. UND VIEL ZU EINFACHE GESCHÄFTE. DA STIMMT ETWAS NICHT."

Unsicher starrte Philipps Vater auf Phi-Phis Display. „Aber wenn man so eine Chance bekommt – die muss man einfach nutzen!", rief er.

„ICH SAGE: ACHTUNG VOR ..." Doch dann sagte, beziehungsweise schrieb Phi-Phi nichts mehr. Selbst sein Blinklicht blieb stehen – vor Schreck. Auch Philipp erstarrte. Denn Dietrich, der dünne Mann, den sie zuvor hatten Deutsch sprechen hören, kam zurück. Und er kam nicht allein. Eine Gruppe von Männern lief in einigem Abstand hinter ihm her und stellte sich im Halbkreis um sie auf.

Dietrich lächelte sie an: „Aha! Ihr habt Besuch bekommen. Ist das euer Sohn? Na, Kleiner, wie gefällt's dir in Brasilien? Nettes Spielzeug hast du. Fast so groß wie du – ja, so einen hätte ich als Kind auch gern gehabt. Also, Matthias und Elena, hier ist der Vertrag. Da müsst ihr unterschreiben."

„Ja, gut, natürlich unterschreiben wir", stammelte Philipps Vater. „Lass mich nur erst – erst mal meine Führerscheinprüfung machen. Dann kann ich das besser entscheiden."

„Du hast doch längst entschieden! Und die Fahrprüfung wirst du schon bestehen." Dietrich lachte gemütlich. „Also, hier ist der Vertrag und da habt ihr einen Stift. ‚Dokumen-

tenecht!' steht drauf – auf dem Stift; willst du sehen? Garantiert dokumentenecht! Keine Zaubertinte, nein, nein, ich mein das ernst, ich überschreib dir ganz ehrlich meinen Betrieb."

„Ich will nur sichergehen. Außerdem brauchen wir noch Bedenkzeit. Das ist doch ein großer Schritt – auch für den Jungen", druckste Philipps Vater herum.

„Und wir würden diesen Vertrag gern einem Rechtsanwalt zeigen, bevor wir ihn unterschreiben", sagte Philipps Mutter so harsch und entschieden, wie Philipp sie nur selten hatte sprechen hören.

Doch nun zogen die Männer, die um sie herumstanden, Maschinenpistolen heraus.

„Ja, gern, ihr könnt auch gleich zur Polizei gehen", sagte Dietrich aufgeräumt. „Bei der Polizei hier hab ich jede Menge Freunde. Die glauben euch kein Wort. Also los, unterschreibt!"

Philipps Mutter riss den Vertrag an sich und begann zu lesen. „Das ist merkwürdig", murmelte sie. „Da steht, dass wir ab jetzt deinen Betrieb besitzen und alles übernehmen und all deine Geschäfte weiterführen – ohne irgendwelche Bedingungen!"

Dietrich grinste breit: „Ja, so bin ich! Du kannst alles dreimal lesen, du findest keinen Haken in diesem Vertrag."

„Aber irgendwas stimmt hier nicht! Es muss dir doch irgendwas bringen, uns den Laden zu schenken!"

„Ach, ich will mich nur absichern. Weißt du, ich habe eine

längere Reise vor und da möchte ich, dass meine Kunden einen zuverlässigen Ansprechpartner hier vor Ort haben, an den sie sich wenden können, wenn es ein Problem gibt."

„Und was gibt es für Probleme?"

„Oh, ich habe kein Problem", sagte Dietrich. „Die Geschäfte laufen bestens. Ich hätte jeden dieser Wagen hier, wie ich dir schon mal erzählt habe, viermal verkaufen können; na ja, und deshalb habe ich das auch getan. Jedes dieser Autos hat vier rechtmäßige Besitzer."

„Bitte? Aber wenn man ein Auto bezahlt hat, dann nimmt man es doch mit nach Hause und es kann nicht noch einmal verkauft werden", sagte Philipps Vater fassungslos.

„Ja, nur wenn man ein Auto mit Sonderausstattung gekauft hat und die Sonderausstattung versehentlich noch nicht eingebaut ist, dann lässt man es manchmal noch ein paar Tage im Autohaus. Das haben wir ausgenutzt."

„Aber das ist kriminell!"

„Du sagst es", stimmte Dietrich amüsiert zu. „Und meine Männer hier sind ebenfalls kriminell. Deshalb kann ich euch nur raten, schnell zu unterschreiben, bevor sie ungeduldig werden."

Zitternd und zähneknirschend unterschrieben Philipps Eltern den Vertrag. Zufrieden steckte Dietrich ihn ein. „Na bitte. Dokumentenecht! Davon lass ich gleich Kopien machen. Der Bürgermeister und der örtliche Polizeichef sollen doch auch wissen, wer nun für das Geschäft die Verantwortung trägt. Hier sind die Schlüssel! Jetzt könnt ihr hier schalten und walten, wie ihr wollt. Und wenn eure Kunden vorbeikommen, dann tut, was euch beliebt."

Philipps Vater schnaubte: „Also soll ich jedes dieser Autos auf vier wütende Kunden aufteilen? Die außerdem auch noch eine Sonderausstattung erwarten?"

„Oh, diese Sorge nehmen wir dir ab. Nein, nein, das Aufteilen ersparen wir dir", sagte Dietrich großzügig. Und auf ein Handzeichen hin verteilten sich seine Männer über die Garage. Jeder setzte sich in ein Auto und dann brausten sie davon. Dietrich ging zufrieden auf den letzten verbliebenen Wagen in der Garage zu. „So, jetzt gibt es hier nicht nur keine Sonderausstattungen, sondern auch gar keine Autos mehr. Wieder einmal ein Problem gelöst."

Doch bevor er in sein Auto steigen konnte, fuhr Phi-Phi eine seiner Hände mehrere Meter weit aus und zog dem verblüfften Dietrich den Vertrag aus der Brusttasche.

„Großartig, Fifi", jubelte Philipps Mutter.

„Los, wir müssen abhauen", zischte Philipps Vater. Hektisch rannten sie aus der Garage. Draußen war kein Auto mehr zu sehen.

Doch wie der Zufall so wollte, kam genau in diesem Augenblick eins angefahren und hielt am Straßenrand. „Nichts wie rein!", rief Philipps Mutter.

14. Verfolgungsfahrprüfung

Philipp, seine Mutter und Phi-Phi warfen sich auf die Rücksitze. Sein Vater wollte vorn einsteigen. Doch in diesem Moment rutschte der Fahrer hinüber auf den Beifahrersitz. Es blieb Philipps Vater nichts anderes übrig, als sich ans Steuer zu setzen. Der Schlüssel steckte im Zündschloss. Mit zitternden Händen drehte Philipps Vater den Schlüssel und trat aufs Gaspedal. Quietschend, aber sehr langsam fuhr das Auto los. „Los! Jetzt fahr doch schneller", rief Philipps Mutter, während sie besorgt zum Heckfenster hinaussah. Dann fiel ihr etwas auf: „Die Handbremse! Du hast die Handbremse vergessen!"

Schnell löste Philipps Vater die Handbremse und sofort ging es zügiger voran. Das war auch notwendig. Hinter ihnen war das letzte Auto aus der Garage aufgetaucht. Sie konnten nicht erkennen, wer den Wagen lenkte, aber es musste Dietrich sein.

Angespannt saß Philipps Vater hinterm Steuer und blickte nur ab und zu in den Rückspiegel. Seine Frau flüsterte ihm von hinten zu: „Konzentrier dich auf die Straße! Konzentrier dich!" Und tatsächlich gelang es ihrem Mann, nicht mehr ganz so extreme Schlangenlinien zu fahren. Doch das Auto rüttelte und stotterte. „Konzentrier dich, konzentrier dich", flüsterte Philipps Mutter. Phi-Phi zitterte, dass es nur so klapperte. Und Philipp war schlecht. Am liebsten wäre er ausgestiegen. Aber das ging nicht – schließlich fuhr Dietrich hinter ihnen her. Immer näher kam sein Auto.

Nur der Mann auf dem Beifahrersitz blieb gelassen. Ein älterer Herr, mit faltigem Gesicht und grauem Schnurrbart. Er wirkte wie die Ruhe selbst, kein bisschen nervös, eher gelangweilt. Und er schien sich auszukennen. Mit knurriger Stimme gab er kurze Bemerkungen auf Portugiesisch von sich und wies dabei mal nach rechts, mal nach links. Philipps Vater folgte seinen Ratschlägen. Vorsichtig bog er in die schmale Gasse rechts und dann in die sonnenbeschienene Palmenallee links ein.

Auch Philipps Mutter gab weiterhin Anweisungen: „Schalten, Matthias. Allmählich müsstest du in den zweiten Gang – ja, und jetzt gleich in den dritten – ja, so geht es doch viel besser!" Das Stottern und Rütteln ließ nach. Der Wagen fuhr gleichmäßiger und schneller um die Kurven. Dennoch fühlte sich Philipps Vater nicht wohl am Steuer: „Ich hab doch noch gar keinen Führerschein! Was soll ich nur sagen, wenn die Polizei uns anhält? Kann nicht jemand anders fahren?"

„Ja, gleich. Aber wir können jetzt wirklich nicht anhalten. Fahr weiter. Fahr, Matthias!", rief seine Frau. „Ich kann Dietrichs Auto zwar nicht mehr sehen, aber das bedeutet nichts! Wahrscheinlich ist er nur da hinten in den dichteren Verkehr geraten." Und so ging es weiter. Sie rasten über Prachtstraßen, durch labyrinthische Hochhaussiedlungen, immer wieder um die Ecke, durch einen Park voll riesiger grüner Bäume und dann vorbei an einer Mülldeponie. Hinter der Mülldeponie begann ein Gewirr aus kleineren Straßen mit verfallenen Häusern. Viele Menschen waren dort unterwegs; eine Gegend, die ideal schien, um jemanden abzuhängen. Doch als Philipps Vater darauf zuhielt, schüttelte der Mann neben ihm den Kopf und wies ihn entschieden in die andere Richtung. So kamen sie wieder zurück in die Stadt mit ihren breiten Alleen und großen Palmen. Das Meer tauchte vor ihnen auf, blau schimmerte es ihnen entgegen. Sie fuhren eine prächtige Strandpromenade entlang. Schließlich deutete der Mann auf dem Beifahrersitz auf einen Parkplatz.

„Wir können jetzt doch nicht anhalten", wisperte Philipps Mutter.

„Na ja, vielleicht hat es einen Sinn", sagte ihr Mann und bremste ab. Der Mann neben ihm deutete auf eine kleine Lücke im Schatten. Philipps Vater drehte das Lenkrad in die eine, dann in die andere Richtung und manövrierte den Wagen langsam, aber ohne an ein anderes Auto anzustoßen, in die Lücke.

Da standen sie, endlich ruhig. Philipp war immer noch schlecht, auch wenn die Übelkeit ein wenig nachließ. Vielleicht bemerkte Dietrich sie nicht und fuhr einfach an ihnen vorbei.

Doch damit hatten sie sich verrechnet. Sehr bald schon tauchte Dietrichs Auto wieder auf. Sie konnten bereits sehen, wie er sich aus dem Seitenfenster lehnte und eine Pistole auf sie richtete.

Hektisch fuhr Philipps Vater an, raus aus der Parklücke und auf die Straße. Er trat aufs Gaspedal, schaltete, trat aufs Gas, schaltete, trat aufs Gas, schaltete, trat aufs Gas, schaltete, trat aufs Gas und hätte gern noch weitergeschaltet, aber da gab es keinen höheren Gang mehr, und so trat er nur noch aufs Gaspedal. Sie sausten über die Strandpromenade und über eine Schnellstraße. Der Mann auf dem Beifahrersitz knurrte unwillig, doch dann sah er wieder nur gelangweilt aus dem Fenster. Philipp war irritiert. Was war das für ein Mann, der so zufällig mit seinem Auto für sie bereitgestanden hatte? War er einer von Dietrichs Gangstern? Steckte er mit ihnen unter einer Decke? Oder war er vielleicht sogar ein Abgesandter des *Instituts für besondere Angelegenheiten*, der ihnen helfen sollte? Bei den Leuten vom Institut konnte man nie wissen. Und schließlich konnte Phi-Phis Babyfon ja um die halbe Welt funken.

Sie fuhren und fuhren – aus der Stadt raus, am Meer entlang, so schnell es ging. Jetzt schien ihr geheimnisvoller Fahrbegleiter zufrieden. Ein paar Bemerkungen knurrte er noch und gab mit den Händen Anweisungen, einige Autos vor ihnen zu überholen. Das ging gut, auch wenn Philipps Vater mächtig dabei schwitzte.

Schließlich sagte seine Frau: „Ich kann Dietrichs Auto nicht mehr sehen. Ich glaube, wir haben ihn abgehängt." Alle waren erleichtert. Und als ihr Beifahrer deutete, dass sie anhalten sollten, befürchteten sie auch gar nichts mehr. Philipps Vater hielt direkt am Strand und bedankte sich: „Obrigado, obrigado!", sagte er immer wieder. Alle stiegen aus, nur der ältere Mann blieb im Wagen und rutschte nun wieder auf den Fahrersitz. Er hielt Philipps Vater die Hand hin. Der wollte sie schon drücken, doch seine Frau kam ihm zuvor und legte schnell ein paar Geldscheine hinein. Der Mann zählte nach und gab ihr mehr als die Hälfte zurück. Dann griff er zu einem vorgedruckten Formular, füllte es sorgfältig aus und reichte es Philipps Vater, bevor er sich mit einem kurzen Gruß verabschiedete und zurückfuhr in Richtung Stadt.

Philipps Vater winkte ihm nach. „Der hat mir sogar eine Quittung gegeben", sagte er amüsiert.

Doch seine Frau musste lachen. „Ach, Matthias, nein – jetzt begreife ich! Das ist dein Führerschein! Diese Verfolgungsjagd – das war deine Fahrprüfung! Dass ich da nicht gleich darauf gekommen bin! Ich musste ja auch zeigen, dass ich abbiegen und Kurven fahren und einparken und überholen kann! Und eine Prüfungsgebühr musste ich auch zahlen. Aber mein Fahrprüfer sah ganz anders aus!"

Philipps Vater konnte es kaum fassen. Fasziniert starrte er auf das Dokument: „Ich habe bestanden! Ich habe den Führerschein!"

„Ja, du hast es geschafft, Papa!", rief Philipp. „Und wir haben diesen Gauner abgehängt!"

Das Gesicht seines Vaters verdüsterte sich: „Oh, dieser Dietrich. Dieser Verbrecher! Und ich hab ihm geglaubt! Nur weil wir früher zusammen Fußball gespielt haben. Dabei hat der nur einen Dummen gesucht – und den hat er gefunden!"

„Zwei Dumme", murmelte Philipps Mutter.

„Aber es sah alles überzeugend aus, seine Geschäfte liefen so gut! Und das ganze Geld! Dass er nichts als Betrug im Kopf hat, das hätte ich nie gedacht. Das hatte der doch gar nicht nötig!"

„WAHRSCHEINLICH WAREN SEINE FAHRZEUGE ALLESAMT GESTOHLEN", meldete sich Phi-Phi zu Wort.

„Ach, unser Fifí! Du bist ein wirklich schlauer Roboter", sagte Philipps Mutter, „du hast als Erster gemerkt, dass da was nicht stimmt. Und das trotz Jetlag!"

„DAS IST EINE KLEINIGKEIT. ICH HAB IMMER SCHON WIRTSCHAFTSPRÜFER WERDEN WOLLEN."

Sie zog ihm den Vertrag, den er noch fest umklammert hielt, aus der Metallhand. „jedenfalls eine reife Leistung."

„So was macht Phi-Phi im Schlaf", sagte Philipp. Und tatsächlich war der Roboter schon wieder halb im Tiefschlaf.

Der Junge dagegen war noch zu aufgeregt, um müde werden zu können. Also sah er sich ein wenig um. Das Meer rollte in kräftigen Wellen heran und spülte ab und zu Dinge an den Strand, verrostete Dosen, zerbrochene Holzstücke und zerfetzte Plastiktüten. Nur einige Plastikflaschen sahen so aus, als seien sie es wert, aufgesammelt zu werden. Doch als Philipp sich danach bückte, tauchte auf einmal eine Gruppe Kinder auf. Sie stürzten sich auf die Flaschen und sammelten auch gleich die kaputten Dosen ein.

Philipp zog sich zurück. Diese Kinder wirkten so, als könnten sie Taschengeld dringender gebrauchen als er. Philipp hätte ihnen auch beim Sammeln geholfen. Allerdings wusste er nicht, wie er mit ihnen sprechen sollte. Also sah er nur zu, wie sie sehr flink alles schnappten, was auch nur irgendwie zu gebrauchen war, und in großen Plastiksäcken verstauten.

Plötzlich hielten sie inne, packten ihre Säcke und rannten, so schnell sie konnten, davon. Philipp sah in die Richtung, in die sie auch geschaut hatten, und bekam einen Schreck. Drei Autos kamen in großer Geschwindigkeit direkt auf sie zugefahren. Er schrie auf. Jetzt bemerkten auch seine Eltern, was los war. Doch da hatten die Autos sie bereits erreicht. Flucht war zwecklos, es gab ohnehin kein Versteck weit und breit. Der Einzige, der ihnen noch mit irgendwelchen Kampftricks hätte helfen können, war Phi-Phi. Doch Phi-Phi schlief. Er schnarchte laut. Schnelle, abgerissene Bilder liefen über sein Display.

Das Geräusch der Wagentüren weckte ihn – da war es schon zu spät. Die Männer, die aus den Autos gestiegen waren, hatten sie bereits umkreist und richteten ihre Maschinenpistolen auf sie.

„Diese Gauner", murmelte Philipps Mutter. „Wie haben die uns nur finden können?"

15. Der richtige Augenblick

Genau in diesem Moment fiel ein dicker Mann vom Himmel. Ein kugelförmiger Mann und ein großer, ebenfalls sehr fetter, zotteliger schwarzer Hund.

„Oh, Entschuldigung, Entschuldigung", sagte der Mann auf Deutsch zu dem Gangster, auf den er gestürzt war. Die anderen beiden hatte sein Hund so getroffen, dass auch sie zu Boden gefallen waren. Kaum hatten sie sich aufgerappelt, öffnete der Hund sein großes Maul und gähnte sie an. Gleichzeitig begann es grauenhaft zu stinken. Da hielt die Männer nichts mehr: Sie rannten zurück zu ihren Autos und fuhren davon. Und sahen gar nicht, dass der Hund keineswegs daran dachte, sie zu verfolgen, sondern nur eine Vordertatze hob, um sie sich höflich vors aufgesperrte Maul zu halten.

Der dicke Mann richtete sich auf, wischte sich den Sand von der Sporthose und lachte zufrieden: „Tja, ja, er ist schon ein wahrer Höllenhund!" Gleichzeitig begann es noch heftiger zu stinken. „Tut mir leid, tut mir leid – meine Blähungen", rief der Mann. „Wir haben beide solche Blähungen, es ist kaum zu glauben, wie heftig die sind."

„Doch, doch", sagte Philipps Mutter und hielt sich die Nase zu. „Das glauben wir schon. Aber wir sind trotzdem sehr glücklich, dass Sie hier aufgetaucht sind, Sie und Ihr Hund und Ihre Blähungen. Das war großartig. Wissen Sie, diese Herren haben uns bedroht! Wir danken Ihnen sehr!"

„Oh, nichts zu danken, nichts zu danken", antwortete er. „Es war mir ein Vergnügen." Und nur an der Stimme erkannten Philipp und Phi-Phi, wer der fette Mann war. „SO EIN ZUFALL!", blinkte Phi-Phi.

Philipp stellte ihn seinen Eltern vor: „Das ist Doktor Zufall, zufälligerweise genau im richtigen Moment eingetroffen."

Doktor Zufall nickte und pupste. Der riesige Hund gähnte. Philipp hielt vorsichtshalber Abstand zu diesem Riesenvieh. Das Tier sah ihn so merkwürdig an, als müssten sie sich kennen. Philipp war sich aber sicher, einem solchen Monstrum noch nie begegnet zu sein. Zum Glück schien es wohlerzogen und zurückhaltend – wie in letzter Zeit seltsamerweise alle Tiere, die Philipp begegneten, und außerdem hundemüde.

„PRAKTISCHE TYPVERÄNDERUNG. STEHT IHNEN GUT", sagte Phi-Phi zu Doktor Zufall.

„Ja, ich hab meine Hardware grunderneuert", grinste der, allerdings ein bisschen schief.

„Aber im Turbogang!", rief Philipp. „Wie haben Sie das denn hingekriegt? Oder ist das eine Nebenwirkung von Ihrer langen Reise? Wir haben uns doch erst vorhin noch in Deutschland gesehen!"

„Ja", sagte Doktor Zufall, „Nebenwirkung stimmt schon. Aber so hab ich bereits zu Hause ausgesehen. Ich hab es nämlich mal wieder nicht lassen können. Während der Professor sich mit deiner Tante unterhalten hat und die Putzfrau das Institut aufgeräumt und eure Erlebnisse übers Babyfon verfolgt hat und somit alle beschäftigt waren, hab ich die Gelegenheit genutzt und mich heimlich an einen liegen gebliebenen Auftrag gesetzt. Der Professor wollte nicht, dass ich das mache. Ich sollte mich schonen. Aber das ist unmöglich! Experimente sind mein Leben! – Ich bin Wissenschaftler", erklärte er Philipps Eltern. „Versuch und Irrtum, das ist mein Prinzip. Meist lande ich bei Irrtum; doch was soll's."

„Diesmal war's allerdings ein Volltreffer!", merkte Philipps Vater an.

„Mein Experiment war ehrlich gesagt zunächst alles andere als ein Erfolg. Es ging darum, die ultimative Süßigkeit zu entwickeln: etwas, was Kindern wie Erwachsenen hervorragend schmeckt, aber garantiert nicht dick macht und auch den Zähnen nicht schadet. Keine ganz einfache Aufgabe also. Und die ersten Ergebnisse waren ernüchternd. Obwohl ich extra nur genießbare Zutaten verwendet hatte, stank meine erste Kreation grauenhaft. Doch das hatte sein Gutes: Als Nebenwirkung haben alle Sätze aus deinem Suchtelefongespräch, Philipp, die bis dahin durchs Institut gesaust waren, sofort das Weite gesucht. Also habe ich weitergemacht. Der zweite Versuch roch besser – und so habe ich mich getraut, das Zeug zu probieren. Es schmeckte fantastisch! Nur leider,

leider hat sich mein Bauch schon nach drei Probierhappen so aufgebläht, wie er jetzt immer noch aussieht."

„Von drei Happen?", fragte Philipp. Alle bestaunten Doktor Zufalls aufgequollenen Ballonbauch.

„Zu diesem Zeitpunkt hat unsere Putzfrau dann doch etwas von meinen Experimenten mitbekommen. Der Professor dagegen hat zusammen mit deiner Tante fasziniert am Babyfon gehangen und nicht einmal gemerkt, dass diese Telefonsätze ihm nicht mehr um die Ohren gesaust sind. Aber Frau Schrubschtschkowa hat mich dann sogar bei den Zutaten beraten – du warst ja nicht da, Pfiffi, also hat sie das übernommen. Sie hat mir auch empfohlen, nicht alles selbst zu probieren, sondern mir einen Vorkoster zu suchen. Und so ist dieser Hund ins Spiel gekommen."

Der riesige schwarze Hund hatte sich inzwischen zu Boden gelegt und die Augen geschlossen. Philipp traute sich immer noch nicht an ihn ran. Bei Hunden konnte man nie wissen, selbst wenn sie so harmlos taten.

„Diesen Hund hab ich mir also geschnappt", fuhr Doktor Zufall fort. „Ein Hund schien mir sinnvoll, denn ich hab mir gesagt: Warum nicht gleich etwas erfinden, das nicht nur Kindern und Erwachsenen besser schmeckt als alles andere, sondern auch noch der Hundesnack des Jahrhunderts wird? Na ja, und dieser Hund streunte vorm Haus herum, genauer gesagt versuchte er gerade zwischen zwei Hydranten durchzukommen. Er hat alles brav geschluckt, was ich ihm zu probieren gegeben habe, und keine besorgniserregenden Reaktionen gezeigt – mal abgesehen davon, dass auch er schnell aufgebläht war. Doch er hat weitergegessen. Es schien ihm zu schmecken. Meinen Versuch Nummer fünf hat er mir so gierig aus der Hand gefressen, dass ich diese Leckerei trotz allem selbst probieren musste. Sie schmeckte wirklich grandios. Tja, aber was soll ich sagen: Wenige Minuten danach haben sich unsere Blähungen verstärkt und wir haben zu pupsen begonnen. Und diese Fürze hatten eine Schubkraft, so gewaltig – das ist nur mit Weltraumraketenantrieb zu vergleichen. Wir sind sofort in die Luft gegangen."

„ICH WOLLTE IMMER SCHON FLIEGEN. AM LIEBSTEN WÄR ICH AUTOPILOT GEWORDEN!", meldete sich der Roboter.

„Ach, Pfiffi, unterschätz die Strapazen einer solchen Reise mal nicht! Puh! In wenigen Sekunden zehntausend Kilometer weit fliegen, ohne jede Ausrüstung, das war schon wild. Ich hab immer noch Ohrensausen. Und diese Temperaturwechsel! Wir sind ja über den Äquator gesaust – und dann wieder über hohe Berge, durch dünne Luft, da kommt man ganz schön ins Schnaufen."

„Ja, dem Hund sieht man die Erschöpfung auch an. Aber Sie? Sind Sie denn überhaupt nicht müde?"

„Ich fühle mich *vergleichsweise* müde und erschöpft", erklärte Doktor Zufall. „Nur bin ich von Natur aus so hektisch und hibbelig und überdreht, dass sich das ausgleicht. Also, dass ich keine stärkeren Nebenwirkungen von der Reise verspüre, das wundert mich nicht. Nur seltsam, sehr seltsam, dass wir ausgerechnet hier gelandet sind! Ich weiß noch, Frau Schrubschtschkowa hatte gerade zu Professor Däncker gesagt, wie dringend Sie Hilfe bräuchten."

„APROPOS HILFE", meldete sich nun Phi-Phi. „BITTE NACH OBEN SCHAUEN!" Mit kleinen Pfeilen auf seinem Display deutete er in Richtung Himmel, wo ein Hubschrauber über ihnen aufgetaucht war.

„Oh. O je. Haben Sie noch ein paar kräftige Fürze bereit, Herr Zufall?", fragte Philipps Mutter.

„Leider nein, leider nein. Alles, was jetzt noch aus uns rauspufft, ist zwar geruchsintensiv, aber ansonsten völlig kraftlos. Das sind nur mehr die Reste. Aber wieso? Wozu brauchen Sie Fürze von mir?" Doktor Zufalls Auffassungsgabe hatte anscheinend doch ein wenig gelitten. Er hatte noch nichts Verdächtiges bemerkt.

Der Hubschrauber dort oben hatte jedoch tatsächlich eindeutig sie als Ziel. Er kam näher und wurde allmählich so laut, dass der Hund aufwachte und verstört herumrannte. Und als der Hubschrauber landete, gab es keinen Zweifel mehr, wer am Steuer saß: Es war Dietrich. Mit einer Maschinenpistole in der Hand sprang er heraus.

„Na, ihr seid mir ja ein paar Früchtchen!", begrüßte er sie. „Du hast mich überrascht, Matthias, o ja, das hätte ich dir gar nicht zugetraut." Hier lächelte er amüsiert. „Sich eine fiese, freche Maschine zu organisieren", damit stieß er Phi-Phi so heftig vor die Brust, dass der hinfiel und sofort, schlapp wie er war, wieder in Tiefschlaf versank, „und sich einfach aus dem Staub zu machen. So was, so was. Ich hab natürlich trotzdem alles im Blick gehabt, dafür brauchte ich nur eben mal umzusteigen. Hab euch auch über Funk ein paar Kollegen geschickt – leider haben sie sich viel zu schnell wieder von euch verabschiedet. Was ich schade finde. Sehr schade. Denn ich denke umso mehr, dass wir gemeinsam großartige Geschäfte machen könnten."

„Kommt nicht in Frage", brummte Philipps Vater.

„Ohne uns!", sagte auch Philipps Mutter.

„Ach bitte, bitte, bitte", rief Dietrich. „Zwingt mich nicht, brutal zu werden. Ich mag das nicht. Immer muss ich brutal werden. Nie sagt jemand einfach mal Ja. Könnt ihr euch vorstellen, wie sehr das nervt?"

„Ja", meinte Doktor Zufall ernst, „als erfahrener Karaoke- und Karatekämpfer komme ich auch immer wieder in solche Situationen. Aber ich liebe sie!" Damit stürzte er sich mit Geheul und einem extrastreng riechenden Pupser auf Dietrich.

Doch all seine Karateerfolge hatte er zu einer Zeit gehabt, als er erheblich dünner gewesen war. Mit seinem aufgeblähten Bauch kam Doktor Zufall dagegen nicht weit. Ohne besondere Anstrengung wich Dietrich seinem Angriff aus und stupste ihn mit seiner Pistole in den Bauch.

„Und ich war mal so sportlich", stammelte Doktor Zufall. Fassungslos trottete er zurück zu den anderen. Doch schon nach zwei Schritten stolperte er über seine eigenen Füße, die er unter seinem kugelförmigen Bauch ja auch nicht sehen konnte. Er fiel halb seitlich nach hinten und mit all seiner Masse genau so auf Dietrichs Beine, dass dem die Knie wegsackten und er ebenfalls hinfiel. Mit einer Geistesgegenwart, die ihn selbst zu überraschen schien, wand der fette Doktor Zufall ihm die Maschinenpistole aus der Hand und schleuderte sie weg. Dann rief er den Hund: „Pferdi!", rief er. „Fass! Fass, Pferdi! Komm, Pferdi! Fass!" Und der Riesenhund setzte sich in Bewegung.

„Ich kann gar nicht zusehen", murmelte Philipps Mutter. Da war der Hund bereits bei Dietrich. Er sah den am Boden liegenden Gangster von oben an, lief um ihn herum, schnüffelte diskret in einigem Abstand – und wedelte mit dem Schwanz, bevor er sich auf sein Hinterteil niederließ und Dietrich die Pfoten zum Gruß hinstreckte.

Philipps Eltern, die sich eben noch Gedanken gemacht hatten, ob sie dem armen Dietrich angesichts dieses Höllenhunds nicht doch zu Hilfe eilen müssten, bereuten jetzt, dass sie Doktor Zufall nicht sofort geholfen hatten, ihn zu überwältigen.

Denn Dietrich war bereits wieder auf den Beinen. Schnell lief er zu seiner Maschinenpistole und hob sie auf, noch bevor jemand von den anderen sie erreichen konnte. Lächelnd richtete er die Waffe auf Philipps Vater, auf Doktor Zufall, dann auf Philipps Mutter und schließlich auf Philipp.

In diesem Moment tat sich der Boden unter ihren Füßen auf. Sie fielen nach unten, ohne dass sie sehen konnten, wie tief sie überhaupt fielen. Philipp versuchte noch instinktiv, sich festzuhalten, doch so weit er die Arme auch ausstreckte, er erreichte kaum den bröckeligen Rand des Lochs. Nur ein paar Steine bekam er zu fassen. Dann stürzte er zusammen mit den anderen in die Tiefe.

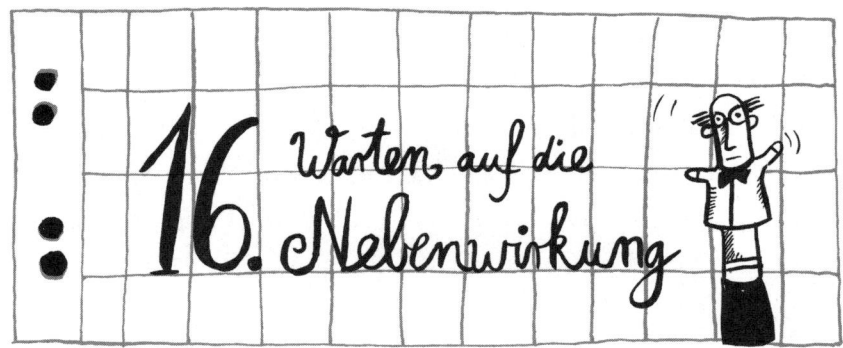

16. Warten auf die Nebenwirkung

„Tut mirrr leid, aberrr ich musste – also, wirrr mussten Sie zurrrückcholen", sagte Swetlana Schrubschtschkowa. „Ohne Rrrücksicht auf Nebenwirrrkungen. Die Lage warrr einfach zu brrrenzlig. Ich chabe schon kommen sehen, wie dieserrr Mann Sie errrledigt."

„Ja, ja, es war dennoch keine leichte Entscheidung. Ich hoffe, Sie werden es überleben", sagte Erasmus Däncker fröhlich. „Na ja, verbrannt sind Sie jedenfalls nicht. Schön, schön, schön."

Sie saßen im *Privatinstitut für besondere Angelegenheiten*. Mit den Füßen voran waren sie, einer nach dem anderen, aus dem Zimmervulkan geschleudert worden – so unglaublich schnell, dass die Hitze im Inneren des Vulkans ihnen nichts hatte anhaben können. Zumindest hatte Philipp nicht einmal viel davon gespürt. Ein bisschen warm war ihm geworden, mehr nicht.

Philipps Eltern sahen sich erstaunt in dem riesigen Arbeitsraum um. Philipp kannte das Institut gut genug, um sich nicht mehr dafür zu interessieren. Der Junge starrte nur in seine Hände. Er hielt immer noch die Steine fest. Sie sahen seltsam aus, sehr dunkel, schwärzer als schwarz, und dennoch leuchtend hell, ein glänzendes Schwarz. Ein Stein gefiel ihm besonders gut, ein kugelförmiger schwarzer Kiesel, der gut in der Hand lag. Die anderen sahen seltsamer aus. Einer erinnerte von Form und Größe an eine von Tante Sibylles Warzen, verziert mit einer geschwärzten abgebrochenen Modellautoachse oder Spielzeugweltraumritterlanze, einer verkokelten Büroklammer, einem würfelförmigen Stein, einer halb zerschmolzenen Armbanduhr, der Spitze eines kaputten Thermometers und einer Schicht versteinerter dunkler Mayonnaise.

„Na, hast du wieder was Widerliches aufgesammelt?", sagte auf einmal hinter ihm Tante Sibylle.

Schnell schloss Philipp die Fäuste um seine Fundstücke. Doch die Tante hatte sich ohnehin bereits seinen Eltern zugewandt: „Ach, ihr unverantwortlichen, unausstehlichen Brasilien-Auswanderer! Ich freu mich ganz fürchterlich entsetzlich, euch wiederzusehen." Dann kiekste sie und räusperte sich anschließend, so als ob ihr das Kieksen peinlich sei – oder aber ihr Gerede, das ließ sich nicht entscheiden. „Wir haben euch die ganze Zeit überwacht", erklärte sie eifrig. „Die Tonqualität dieses lächerlichen Babyfons war zwar ziemlich erbärmlich, aber das Wesentliche haben wir mitbekommen. Und Herr Däncker hat mir erklärt, wie das alles funktioniert. Genau hab ich das zwar nicht verstanden, aber der Professor wird's schon wissen." Sie lächelte ihn an.

„Ach, Professor hin, Professor her", brummte der Professor, „denken Sie nicht, dass es an der Zeit wäre, solche Förmlichkeiten zu lassen? Mir wär es lieber, wenn wir uns alle duzen würden. Ich heiße Erasmus."

„Und ich Sibylle."

„Und ich Elena", sagte Philipps Mutter.

„Und ich Matthias", sagte Philipps Vater.

„Und ich Swetlana."

„Ja, so gehört es sich in einem guten Team! Wir kennen uns, wir schätzen uns und wir reden uns beim Vornamen an", sagte Herr Däncker. „Swetlana lässt sich übrigens viel besser aussprechen als Schrubsss-Schrubschtsch – also, Swetlana!"

Doktor Zufall sagte: „Ihr könnt mich natürlich auch Rainer nennen!"

„Und mich Philipp", rief Philipp und alle lachten.

„UND ICH HEISSE PHI-PHI! PHI-PHI!" Der Roboter fuchtelte dazu wild mit den Händen und blinkte bedrohlich.

„Aber das wissen wir doch alle, Pfiffi!", sagte Doktor Zufall und setzte ihm seine alten Sportschuhe auf die Hände. Dafür nahm er ihm aber das Babyfon wieder ab.

Alle umarmten einander bis auf Phi-Phi, der nun wieder in seinen Ruhemodus versetzt war und schlapp am nächsten Arbeitstisch lehnte. Der Professor drückte Tante Sibylle zwei dicke Schmatzer auf die Wangen. Nur Pferdi, der Riesenhund, hielt sich scheu zurück. Und Doktor Zufall war leider sehr schwer zu umarmen, mit seinem riesigen dicken Kugelbauch. Deshalb begnügte er sich mit Händeschütteln. Dabei wäre Philipp fast einer seiner Steine aus der Hand gefallen. Aber Doktor Zufall fing ihn auf.

„Na, das sah doch schon wieder ziemlich sportlich aus", rief Tante Sibylle. Und was nun folgte, war noch sportlicher: Doktor Zufall ging in die Luft. In einem eleganten Bogen flog er hoch über den Köpfen der anderen durch die gesamte Institutshalle. Und mit jedem Meter, den er dort oben zurücklegte, wurde er schlanker. Und das ohne jeden Gestank. Die angestaute Luft aus seinem aufgeblähten Bauch verpuffte geräusch- und geruchlos. Als Doktor Zufall schließlich oben auf einem besonders hohen Regal landete, war er so dünn wie früher.

„Na, das wurde auch Zeit", sagte er, während er herunterturnte. „Ach, jetzt hab ich ganz vergessen, dir deinen Stein zurückzugeben, Philipp. So was. Da bin ich mit dem Ding in der Hand durchs halbe Haus geflogen. Hier, bitte sehr."

Aber während für Doktor Zufall das Bonbonexperiment-Brasilienflug-Abenteuer damit ausgestanden war, fingen Philipps Eltern erst allmählich an, ihre Erlebnisse zu verdauen. „Wie konnte ich nur so blöd sein!", rief Philipps Vater. „Wie konnte ich nur so blöd sein und diesem Gauner trauen! Nur weil wir früher zusammen Fußball gespielt haben! Bin ich doof! Ein naiver Puppenspieler, der nichts von der Welt kapiert hat."

„Ach Quatsch", sagte Philipp.

„Wirklich", meinte seine Mutter, „jetzt übertreib mal nicht. Wäre Dietrich ein Puppenspieler gewesen oder ein Puppentheaterveranstalter oder Festivaldirektor, dann hätten wir uns sicher nicht von ihm austricksen lassen. In unserem Fach kennen wir uns sehr wohl aus – nur in dieser Berufsverbrecherwelt nicht."

„Ach, dieser widerliche Dietrich", murmelte Tante Sibylle, „das hab ich damals schon gewusst! Dass man dem nicht trauen kann, diesem jämmerlichen, lächerlichen –"

Philipps Vater grinste: „Hm, wenn ich mich richtig erinnere, warst du damals eine Zeit lang glühend in ihn verliebt."

„Ich? Glühend? Du hattest schon immer eine blühende Fantasie." Dabei war sie wieder rot geworden. „Na ja. Immerhin ist aus diesem Dietrich etwas Ungewöhnliches geworden; ist doch nicht alltäglich, Gangster in Brasilien – ein erfolgreicher Gangster noch dazu. Du wirst dir nie einen eigenen Hubschrauber leisten können, Matthias."

„Tja, wer kann das schon", sagte der Professor betroffen. „Also, zumindest mit ehrlichen Methoden wird das schwierig."

Philipps Mutter seufzte. „Wir können ja nur mit Ach und Krach unsere Miete bezahlen", sagte sie. „Und es wär schon schön gewesen, wenn wir einfach auf einen Schlag reich geworden wären. Wenn man dann eingeredet bekommt, das sei ganz einfach, vergisst man leider manchmal, dass nichts so einfach geht."

„Ach ja", seufzte Erasmus Däncker, „unser Institut hat

auch lange Geldsorgen gehabt. Wie hab ich mich nach Forschungsgeldern gesehnt, nach Projektförderungen, Zuschüssen, Drittmitteln, ich habe alles genommen: sogar Sachleistungen!"

„Und jetzt?", erkundigte sich Philipp.

„Jetzt – ach, das geht dich doch nichts an! Du bist noch zu jung dazu – und du solltest froh darüber sein! Ehrlich gesagt weiß ich auch nicht, wie es mit unseren Finanzen steht: Die Bank hat sich jedenfalls länger nicht gemeldet und Geld ist da! Also müsste alles in Ordnung sein. Aber ich will nicht zu intensiv darüber nachdenken. Sonst entdecke ich am Ende noch neue Schulden."

„Ja, das ist wirklich ein trübseliges Thema", sagte Philipps Vater. „Hören wir auf, darüber zu reden. Es bringt nichts, am allerwenigsten Geld. – Nein, Sibylle, ich danke dir und allen anderen hier danke ich natürlich auch, dass ihr auf unseren Jungen so gut aufgepasst habt; jetzt fahren wir nach Hause."

„Ach ja", sagte Philipp. „Da war ich lange genug nicht mehr."

Doch die Putzfrau rief: „Nach Chause? Ihrrr wollt jetzt schon nach Chause? O nein, o nein!"

„Das können wir nicht zulassen", sagte Professor Däncker. Philipps Eltern fingen an, sich ausführlich für so viel Gastfreundschaft zu bedanken, doch er schnitt ihnen das Wort ab: „Ihr dürft keinesfalls jetzt schon nach draußen. Ihr steht unter strikter Quarantäne!"

144

„Ja, ihrrr bleibt chierrr!"

„Aber warum denn?", fragte Philipps Mutter. „Also, wenn ihr befürchtet, dass wir irgendeine Krankheit aus Brasilien eingeschleppt haben; das glaube ich nicht. Es geht uns doch prima."

„Noch", sagte Erasmus Däncker. „Nein, meine Lieben, warum lange darum herumreden? Ich befürchte, wir alle hier befürchten heftige Nebenwirkungen eurer Abenteuer."

„Aber die sind doch gut ausgegangen!"

„Eben, eben. Diese Rettungsmanöver sind nicht ohne. Eine interkontinentale Rückholaktion steckt niemand locker weg! Nein, nein, so geht das nicht. Irgendwelche Beeinträchtigungen müsst ihr spüren! Und werdet ihr schon spüren." Fast hörte es sich an, als sei er mit ihrem guten Zustand nicht zufrieden.

„Was habt ihr nur mit diesen Nebenwirkungen?", fragte Philipps Vater.

Der Professor seufzte. Dann erklärte er, langsam und betont: „Keine Wirkung ohne Nebenwirkung! Und je heftiger die Wirkung, desto unangenehmer voraussichtlich die Nebenwirkungen. Bei unbekannten und erstmals erprobten Aktionen ist das Risiko besonders hoch. Da weiß man am Anfang noch nicht, wo das Problem liegen wird, ob es ein großes oder ein kleines Problem wird – man weiß lediglich, es wird ein Problem geben. Deshalb empfehle ich euch dringend, unter Beobachtung zu bleiben. So wie dieser kleine Vulkan, aus dem ihr geschleudert worden seid. Jetzt ist er ruhig, aber man darf ihn nicht aus den Augen lassen, denn es kann jederzeit wieder etwas passieren. – Das gilt auch für dich!", rief er seinem Assistenten zu, der Pferdi am Halsband genommen hatte und mit ihm gerade das Institut verlassen wollte. „Und der Hund bleibt ebenfalls hier! Der ist ja ohnehin noch ganz aus der Form."

„Aber draußen ist so schönes Wetter", sagte Doktor Zufall.

„Ja, ja, freut euch von drinnen darüber. Freuen ist sehr gut, das stärkt die Immunkräfte. Das könnt ihr brauchen. Ansonsten: Schont euch! So wie der Roboter, der ruht sich gut aus, das ist das einzig Wahre."

Doktor Zufall ließ sich von den Warnungen seines Chefs wenig beeindrucken, schließlich hatte er schon häufiger auch sehr heftige Nebenwirkungen überstanden. Aber immerhin blieb er mit Pferdi da.

Die anderen waren völlig geschockt. Philipps Mutter war bleich geworden. Sie nahm Philipp in die Arme und drückte ihn fest an sich. Sein Vater sank auf den nächsten Stuhl. Und wenn sie es sich recht überlegten, fühlten sie sich alle auf einmal tatsächlich schwach. So warteten sie auf Nebenwirkungen.

„Merkt ihr schon etwas?", fragte Tante Sibylle. „Entsetzliche Übelkeit? Innerliche Geschwüre? Grässliches Zittern? Bedrohliche Atemstörungen? Hässliche Hautausschläge? Scheußlicher Durchfall? Erheblicher Schluckauf? Entsetzliche Lähmungserscheinungen? Unerträgliche Schmerzen?"

146

Philipp spürte ein Ziehen in einem hinteren Backenzahn und ein Kitzeln in seinem linken großen Zeh. Dann ein Zwicken im Knie. Danach aber nichts mehr.

„Unendliche Erschöpfung? Unergründliche Traurigkeit? Unerbittliche Gefühlslosigkeit? Unerquickliche Angstattacken? Unaufhörliche Gedankenflucht? Unheimliche Konzentrationsstörungen? Unüberwindliche Orientierungslosigkeit? Überdurchschnittliche Vergesslichkeit?"

„Hm, also, ich denke nicht. Nicht schlimmer als sonst", sagte Philipps Vater.

„Unwiderstehlicher Heißhunger? Ordentliches Ohrensausen? Entbehrliches Ohrenwackeln? Unerklärlicher Rüsselwuchs? Allmähliches Unsichtbarwerden? Jämmerlicher Fingernagelverlust? Plötzliche Farbenblindheit? Abscheulicher Indoor-Sonnenbrand?"

„Langweilig ist mir", meinte Philipp schließlich.

„Ja", sagte Swetlana Schrubschtschkowa, „ihrrr solltet euch besserrr ablenken. Grrrübeln brrringt doch nichts. Aberrr strrrengt euch nurrr nicht zu sehrrr an."

„Tja, was können wir hier denn schon machen, in diesem Labor?" Philipps Mutter sah sich im Raum um.

„Macht das, was ihr immer macht: Theater spielen", rief Philipp. „Platz genug ist da. Und ich hab euch schon lange nicht mehr zugesehen."

„Du hast gut reden. Wir haben ja all unsere Puppen in Brasilien vergessen. Unsere schönsten Puppen ausgerechnet!"

„Ach, Mama, die waren doch alle selbst gemacht."

„Umso schlimmer."

„Du kannst neue machen."

„Das dauert. Und solange wir hier nicht rauskommen – wir brauchen schließlich Bastelmaterialien."

„Hm, bei Tante Sibylle im Keller hab ich jede Menge Zeug. Da kommen wir nur jetzt nicht dran. Aber vielleicht findet ihr auch hier was zum Basteln!", rief Philipp. „Kommt mit, ich zeig euch was." Und er führte seine Eltern zum *Vakuum*-Raum.

Die nächsten Stunden verbrachten sie damit zu schauen, was sie von dem Gerümpel, mit dem das *Vakuum* vollgestopft war, zum Puppenbau, für ein Bühnenbild und als Requisiten brauchen konnten. Von den Chemikalien und den alten Computern ließen sie die Finger, aber aus Stühlen und fester Pappe bauten sie eine Kulisse, vollgehängt mit CDs, die den Sonnenschein von draußen reflektierten. Dann wollten sie sich ans Puppenbasteln machen. Doch das Glitzern der CDs hatte Phi-Phi aufgeweckt. Langsam kam er angefahren und streckte seine Hände aus: **„ICH MÖCHTE MITMACHEN! ICH WOLLTE IMMER SCHON THEATER SPIELEN."** Philipps Eltern sahen einander an. „Also schön. Geben wir ihm eine Chance."

Philipp zog Phi-Phi die Hemmschuhe ab. Sofort blinkte sein Display grell: **„ICH BIN EIN GROSSARTIGER SCHAUSPIELER. WENN ICH NICHT GUT BIN, MUSS MAN MICH NUR UMPROGRAMMIEREN."**

„Na, dann schauen wir mal, Fifí", sagte Philipps Mutter.
„WORUM GEHT ES IN DEM STÜCK? IST DAS
DER PALAST DER SCHNEEKÖNIGIN? ICH WOLL-
TE IMMER SCHON SCHNEEKÖNIGIN WERDEN!"

„Ach, Märchen", sagte Philipps Vater, „die haben wir zwar eine Zeit lang auch gespielt, solange Philipp im passenden Alter dafür war. Aber inzwischen sind wir eher an Geschichten mit modernen Zauberern oder Privatdetektiven interessiert. Und außerdem mit Weltraumrittern. Kannst du auch so etwas spielen?"

„NATÜRLICH!", blinkte Phi-Phi.

„Oder wie wär's mit einem Wissenschaftler?", warf Philipps Mutter ein. Und so fingen sie einfach an zu spielen und entwickelten allmählich die Geschichte von einem Wissenschaftler, der sich auf der Suche nach dem perfekten menschenähnlichen Maschinenwesen aus Versehen in einen Roboter verwandelt hatte und nun eine Möglichkeit suchte, sich zurückzuverwandeln. Dabei passierten ständig neue Katastrophen. Phi-Phi spielte natürlich die Hauptrolle und er spielte nicht schlecht: Schade war nur, dass er keinen Text sprechen konnte. Man musste schnell sein, um alles, was er sagte, von seinem Display ablesen zu können. Philipp verpasste einige Sätze, weil er nebenbei noch die Bälle abfangen musste, die auf das kleine Theater zuflogen.

Doktor Zufall hatte nämlich beschlossen, mit Pferdi Ball zu spielen. Er hoffte, beim Herumtollen würde auch der Hund endlich die aufgestaute Luft in seinem dicken Bauch loswerden. Und weil sie nicht nach draußen durften, tobten sie drinnen herum. Wobei Doktor Zufall derjenige war, der wirklich tobte. Pferdi gab sich zurückhaltend und würdevoll – und musste dennoch immer wieder losrasen, wenn Doktor Zufalls schiefe Pässe das Puppentheater oder den Zimmervulkan zum Ziel hatten. Meist gelang es Pferdi, solche Treffer zu verhindern; ansonsten half Philipp aus.

So waren sie ganz in Beschlag genommen von ihren Beschäftigungen. Aber gleichzeitig wussten sie, dass irgendetwas Grauenhaftes mit ihnen passieren konnte, ja, eigentlich passieren musste; dass irgendein Unheil sich längst über ihnen zusammenbraute. Misstrauisch putzte und wischte und saugte die Putzfrau um sie herum und hatte dabei ständig ein Auge auf sie. Und kopfschüttelnd standen Tante Sibylle und Professor Däncker daneben und fragten: „Warum geht es euch nur so gut?"

17. Kleines Erdbeben

Und es ging ihnen weiterhin gut. Beunruhigend gut sogar. Das neue Puppentheaterstück nahm langsam Form an. Philipps Eltern waren so begeistert, dass sie bereits Auftritte planten. „Sobald die große Nebenwirkung vorbei ist, gehen wir auf Tournee."

„Aber wie transportieren wir den Roboter? Braucht der einen Spezialkoffer?", fragte Philipps Vater.

„KOFFER? ICH KANN BAHNFAHREN! WENN ICH RICHTIG PROGRAMMIERT BIN. DANN KÖNNTE ICH SOGAR LOKOMOTIVFÜHRER WERDEN – DAS WOLLTE ICH IMMER SCHON."

„Wir können uns auch ein Auto leihen", sagte Philipps Mutter. „Jetzt, wo wir den Führerschein haben. Und dann können wir auch mit größeren Puppen und noch viel größeren Bühnenbildern reisen."

„Und mit mehr Puppen!", ergänzte Philipps Vater.

„O ja. Da fällt mir etwas ein. Lieber Erasmus", wandte sich Philipps Mutter nun an den Professor, „ich habe eben beim Blick aus dem Fenster im Vorgarten zwei Gartenzwerge entdeckt. Also, nicht dass wir Gartenzwergtheater machen wollten, aber irgendwas an diesen Figuren hat mich spontan angesprochen. Sie haben so eine lebendige Ausstrahlung."

„Wie bitte?", fragte Tante Sibylle. „Also, wenn schon, würde ich sagen, haben sie etwas Unheimliches."

„Aber schau dir nur an, wie sie zu Swetlana hochgucken, die gerade zu ihnen hinausgegangen ist. Ich spüre da eine Theaterbegabung, und wo wir unsere ganzen Puppen in Brasilien gelassen haben – dürfen wir nicht wenigstens kurz nach draußen gehen und uns diese Zwerge auch mal von vorn anschauen?"

Der Professor stutzte. „Ach, die Gartenzwerge. Nun wär ich in der Tat nicht unglücklich, wenn diese Gestalten nicht mehr vor unserem Eingang stünden. Schließlich beleidigen sie für mein Empfinden doch das Auge. Und sie passen wenig zum Charakter unseres Instituts. Ich will gar nicht wissen, wie viele Kunden sie schon abgeschreckt haben. Andererseits kann ich nicht darüber entscheiden. Das sind nicht meine Zwerge. Ich habe Swetlana gestattet, sie jeden Tag mitzubringen. Es liegt ihr daran. Und auf solche kleinen Spleens muss man Rücksicht nehmen – ich bin ja selbst nicht frei davon. Also denke ich mir immer, besser auch gegen andere tolerant sein."

Tante Sibylle lächelte eisig dazu.

„Unsere Raumpflegerin ist doch eine bemerkenswerte Persönlichkeit", stammelte Erasmus Däncker. „Und putzen kann sie! Das ist im Grunde unmöglich, all unsere Geräte so vollkommen keimfrei und fusselfrei zu halten, wie sie das tut. Deshalb lasse ich ihr einiges durchgehen."

„Dennoch", fragte Tante Sibylle, „findest du es nicht sehr merkwürdig, dass deine Putzhilfe jeden Morgen ihre Gartenzwerge im Kinderwagen hierher fährt?"

„Ach ja, das könnte man merkwürdig finden. Aber sind wir nicht alle ein wenig merkwürdig?"

„Also, also – du vielleicht! Solche hässlichen, grässlichen, widerlichen, erbärmlichen Jämmerlinge wie da draußen", explodierte Tante Sibylle nun, „die darf man nicht dulden! Seit ich denken kann, habe ich etwas gegen Gartenzwerge. Gegen diese –", sie kiekste schrill. „Aber was rede ich da?", fuhr sie leiser fort. „Entschuldigung. Ich meine das doch gar nicht so. Ich will gar nicht rumschimpfen! Warum tu ich es bloß trotzdem? Ich habe ja nicht einmal mehr eine Nebenwirkung! Ich fürchte nur die ganze Zeit, dass bei euch die große Nebenwirkung ausbricht, und das macht mich nervös. Und ihr – euch erwartet die Nebenwirkung eures Lebens und ihr – ihr wisst gar nicht, was das bedeuten kann! Ihr genießt hier das Leben und tut so, als sei nichts passiert! Ihr, ihr – ihr geht mir auf die Nerven mit eurer unverantwortlichen Heiterkeit", sie kiekste wieder, „ihr Armen! Und deshalb geh ich euch jetzt auf die Nerven mit diesem Gerede, dabei tut ihr mir doch leid, es tut mir wirklich leid, so leid!"

„Ach, liebe Sibylle", sagte Philipps Vater gelassen. „Lass gut sein. Wenn du jetzt auf einmal ganz normal wärst, dann würden wir uns noch Sorgen machen."

„Aber ihr müsst mich fürchterlich finden", heulte Tante Sibylle, „und jetzt mache ich auch noch so ein Theater! Dabei sollte ich euch helfen! Nur kann ich das nicht. Im Grunde kann ich sowieso überhaupt nichts! Ich bin auch keine Puppe und keine Maschine, die in euerm Theater spielen könnte."

„ÄTSCHI-BÄTSCH", blinkte der Roboter.

„Ich kann nicht einmal klinisch rein putzen", schluchzte sie weiter. „Kann ich mich hier nicht irgendwie nützlich machen?"

„Das brauchst du doch gar nicht, liebe Sibylle", versuchte der Professor sie zu beruhigen. „Niemand erwartet von dir, dass du ..."

Aber Tante Sibylle wollte nichts mehr hören. Sie rannte in den *Interaktions*-Raum und knallte die Tür hinter sich zu.

Die anderen sahen sich betroffen an. Schließlich zuckte Philipps Mutter die Achseln: „Also, wie ist das? Können wir wenigstens kurz vor die Tür gehen?"

„Nein", rief der Professor. „Alle bleiben hier!"

Jetzt mischte sich Doktor Zufall ein: „Aber Pferdi muss Gassi."

„ÄTSCHI-BÄTSCH", blinkte Phi-Phi.

Nun explodierte auch Erasmus Däncker: „Begreifst du nicht, dass wir andere Sorgen haben? Du musst dich schonen! Außerdem brauche ich dich hier. Dringend! Ich habe einen neuen Forschungsauftrag für dich!" Und er begann, Doktor Zufall hektisch etwas ins Ohr zu flüstern. Sein Assistent rollte zunächst die Augen, dann sagte er: „Das ist ganz und gar unmöglich."

„**ÄTSCHI-BÄTSCH**", blinkte Phi-Phi wieder.

„Nichts ist unmöglich!", verkündete Professor Däncker. „Und wenn es unmöglich ist, dann sollte dich das besonders anspornen in deinem wissenschaftlichen Ehrgeiz. Und stopf endlich diesem unhöflichen Roboter das Maul!"

Diesen Wunsch immerhin konnte Doktor Zufall ihm erfüllen. Doch was den Forschungsauftrag betraf, blieb er hart: „Nein, tut mir leid, Chef, das kann ich nicht. Frag lieber unsere Putzfrau!"

„Worrrum geht's?", fragte Swetlana Schrubschtschkowa, die gerade wieder zu ihnen gestoßen war. Doch noch bevor der Professor ihr seine Sorgen erläutern konnte, klingelte es an der Tür. Und herein kam ein Mann in grauem Anzug, mit einem Aktenkoffer.

„Was wollen Sie denn hier?", fragte Professor Däncker ungehalten.

„Ich komme vom Finanzamt", sagte der Mann.

„**ÄTSCHI-BÄTSCH**", blinkte Phi-Phi schwach in der Ecke, in die er gesunken war.

„Auch das noch", sagte der Professor.

„Das gibt Ärger", murmelte Philipps Mutter.

„Ja, aber nicht für euch", entgegnete Philipp.

„Dennoch – man fühlt mit", sagte seine Mutter. „Und vielleicht ist das ja die grauenhafte Nebenwirkung, auf die hier alle warten?"

Das Gespräch mit dem Finanzprüfer ließ sich wider Erwarten freundlich an. Er erkundigte sich bei Erasmus Däncker nach der finanziellen Lage seines Instituts. Und er hörte sich geduldig an, was der Professor ihm dazu erklärte: „Also, wir haben damit keinerlei Probleme. Geld ist da. Sehen Sie, ich leite hier ein kleines Forschungsunternehmen, ein privates Institut, das sich komplett selbst trägt. Derzeit nehmen wir keinerlei Forschungsgelder in Anspruch und nicht einmal Bankkredite. Wir haben wenige Aufträge, leisten aber hervorragende Arbeit – im Bereich der Teleportationsforschung und des Babyfonstrahlensphärenfunks und natürlich der Nebenwirkungsforschung, in meinen Augen ja *die* Grundlagenforschung überhaupt, also auf alle Fälle ein Schwerpunkt der Forschungsforschung. Ach ja, und die O-Zwei-O-Drei-Forschung, die habe ich jetzt ganz vergessen. Auf allen Gebieten haben wir großartige Neuentwicklungen zustande gebracht. Ich bin selbst immer wieder verblüfft, wie das alles funktioniert. Gut, wir verkaufen das vielleicht nicht so, wie wir könnten, irgendwie ist unsere Werbung noch nicht optimal. Und die Zufahrt wird auch immer schwieriger durch die vielen Hydranten. Aber zumindest diese Gartenzwerge vorm Tor werden wir vielleicht bald los."

„Wie bitte?", fragte Swetlana Schrubschtschkowa.

„Pscht, darüber reden wir später", zischte ihr der Professor zu. Zum Finanzprüfer sagte er: „Wir haben trotzdem auch jetzt schon genug Geld! Manchmal wundert mich selbst, warum wir noch nicht pleite sind – aber wir wirtschaften eben gut. Wir kommen zurecht, wie gesagt, Sie können das gern überprüfen: Geld ist da."

„Schön, ja, wenn ich mich hier umschaue, in diesen großzügigen Räumen, mit dieser Hightech-Einrichtung, dann zweifle ich nicht daran", sagte der Finanzprüfer. „Das Problem ist nur: Wo kommt das her, dieses Geld?"

„Oh, selbstverständlich haben wir einige Auftraggeber. Sehen Sie, dieser junge Herr zum Beispiel", er deutete auf Philipp, „und dahinter seine Eltern, das sind treue Kunden. Und dann dieses Pferd, also, dieser Hund."

„Aha. Den hatte ich, ehrlich gesagt, für ein Versuchstier gehalten. Aber gut. Ja, wenn Sie das nachweisen können, dann ist alles in Ordnung. Nur über die Steuer müssen wir noch reden – denn wenn Sie Gewinne haben, sind die selbstverständlich zu versteuern. Und was an Steuererklärungen in den letzten Jahren von Ihnen eingegangen ist, das sieht, gelinde gesagt, dürftig aus. Also, wenn Sie mir bitte Ihre Bücher, Kontoauszüge, Rechnungen, Belege zeigen könnten."

„Wie bitte?", fragte die Putzfrau wieder und diesmal klang sie weniger verärgert als hilflos.

„Wie bitte?", fragte sie wiederum der Professor. Und zum Finanzprüfer sagte er: „Tja, das ist unsere zuständige Mitarbeiterin, Frau Schrubbschtschschsch. Ich kann mich schließlich nicht selbst um alles kümmern. Wollen Sie das kleine Problem vielleicht gleich mit ihr besprechen?"

„Moment, ich –", sagte sie, aber Erasmus Däncker nahm sie beiseite: „Bitte, Swetlana. Lass dir etwas einfallen."

„Also, gut", murmelte sie, „auf deine Verrrantwortung."

Und während der Finanzprüfer darauf wartete, dass ihm Papierstapel und Aktenordner zur Einsicht gereicht würden, begann stattdessen die Erde zu beben. Die Erschütterungen fuhren allen in die Knochen. Philipp wurde noch viel übler als während der Autofahrt in Brasilien. Seine Mutter schnappte ihn und verkroch sich mit ihm unter den nächsten Arbeitstisch. Im *Vakuum* rumpelte es laut. Türen schlugen auf und zu. Regale stürzten ein. Steinbrocken flogen aus dem Zimmervulkan. Tante Sibylle wurde aus dem *Interaktions-Raum* herausgeschleudert. Und der Finanzbeamte wurde nach draußen auf die Straße katapultiert und von Hydranten aufgefangen. Pferdi auch.

Erst nach einigen Minuten, die Philipp viel länger vorkamen, hörte das Beben auf. Der Raum war verwüstet. Nur die Arbeitstische waren stehen geblieben.

„Puh, wenn das jetzt die große Nebenwirkung war, dann ist uns ja nicht zu viel versprochen worden", sagte seine Mutter, als sie unter ihrem Tisch hervorkamen. Durch die geöffnete Tür konnten sie sehen, wie sich draußen der Mann vom Finanzamt aufrappelte, um sich schnell aus dem Staub zu machen. „Das war nur unser Zimmervulkan, der führt zu seismologischen Verwerfungen", rief der Professor ihm nach, bevor er Tante Sibylle beim Aufstehen half.

Doktor Zufall prüfte derweil Computer und andere technische Geräte. „Es funktioniert noch alles!", rief er. „Gerade die empfindlichsten Geräte sind weich gefallen."

„Na, so ein Zufall", sagte die Putzfrau.

„Ja, wir haben wirklich noch einmal Glück gehabt", sagte Erasmus Däncker vorwurfsvoll zu ihr. „Swetlana! Was hast du nur mit unseren Finanzen gemacht! Ich hatte dich doch gebeten, diese Sache zu regeln."

„Das chabe ich getan. Und ist etwa kein Geld da?"

„Doch, doch, und das ist jetzt das Problem. Wir wissen nicht, wo es herkommt."

„Ach so. Na, ganz einfach, das chab ich cherrrgezauberrrt."

„Aber das geht so nicht", rief der Professor erbost.

„Und warrrum nicht?"

„Swetlana", mischte sich nun Tante Sibylle ein. „Die Leute vom Finanzamt denken jetzt, dass das hier eine Geldwaschanlage ist."

„Eine was?", fragte Philipp.

„Na ja, wenn irgendein Gangster sein illegal verdientes Geld in ein jämmerlich laufendes Unternehmen steckt und dann behauptet, damit habe er alles verdient, dann nennt man das Geldwäsche. Er nutzt dieses Unternehmen als Alibi für seine schmutzigen Geschäfte, um erklären zu können, wo das Geld herkommt. So kann er das ergaunerte Geld offen ausgeben, ohne dass seine Verbrechen ans Tageslicht kommen. Deshalb fragen sich die Behörden immer bei Geld, das plötzlich einfach so da ist, was dahintersteckt."

„Ja", rief Erasmus Däncker. „Und da zauberst du einfach, Swetlana! Und denkst noch, dass du damit durchkommst!

Wenn man aus dem Nichts Geld herzaubert, ist als Neben-wirkung Ärger mit den Behörden vorauszusehen. Das ist so! Und dass du überhaupt zaubern kannst, ist ohnehin ein Skandal. Das widerspricht den Prinzipien dieses Instituts! Wir arbeiten streng wissenschaftlich. Und da kommst du auf einmal –"

„Aberrr ich chabe dirrr schon mal gesagt, dass ich zau-berrrn kann!"

„Ja. Na ja. Ich habe das für einen Witz gehalten. Denn das ist nun mal unmöglich. Das geht so nicht!"

„Aberrr ohne Zauberrrei geht es chierrr doch auch nicht, mein lieberrr Errrasmus. Als ob chierrr irrrgendetwas funkti-onierrren würrrde ohne ein bisschen Nachchilfe. Das kann man schließlich nicht alles dem Zufall überrrlassen! Chierrr wärrr derrr Teufel los, ohne mich!"

Nachdenklich sah der Professor vor sich hin: „Was hast du denn alles so gezaubert, in letzter Zeit?"

„Na, alles. Ich chab die Rrräume grrroßgezauberrrt, gleich nachdem ich angefangen chatte, chierrr zu arrrbeiten; ich chab gezauberrrt, dass eurrre Experrrimente glücken – oder wenn sie nicht glücken, dass dann zumindest gleich derrr Krrrankenwagen vorrr derrr Türrr steht; ich chab das Schild-krrrötentrrrraumvideo herrrgezauberrrt und diese Ente um-prrrogrrrammierrrt und die Rrreise nach Marrrrrrakesch und Reykjavik orrrganisierrrt, ich chab Philipps Tante stummgezauberrrt und ihrrre Nebenwirrrkung weggezau-berrrt, ich chab die Telefonleitung nach Brrrasilien gezauberrrt, ich chab den Jungen nach Brrrasilien gezauberrrt und die ganze Gesellschaft zurrrück chierrrcherrr – und noch viel, viel mehrrr."

„So was! Und ich hab immer gedacht, das hätte sich alles so ergeben!", rief Doktor Zufall. „Aber wenn ich die Sache überdenke – ja, doch, das kommt hin."

„Dass uns das nie aufgefallen ist", sagte Erasmus Däncker kopfschüttelnd. „Ja, ja, ich hab deine Arbeit immer zu schätzen gewusst, ja, und du bist überqualifiziert als Putzfrau, keine Frage. Das habe ich von Anfang an klar gesehen. Nun ja, dennoch habe ich einfach gedacht, die Dinge hier laufen immer besser, weil mein talentierter Assistent erfahrener wird, und auch ich tu, was ich kann – aber es stimmt: Seit du hier arbeitest, hat sich einiges verändert. Nur dass mir dieser Zusammenhang nicht längst schon aufgefallen ist, das ist wirklich seltsam."

Philipp hatte sich bisher auch nicht viele Gedanken darüber gemacht, wie das alles funktioniert hatte. Allzu sehr konnte ihn die Eröffnung der Putzfrau allerdings nicht überraschen. Und er fand es einfach nur toll, dass sie zaubern konnte. „Das ist doch super!", rief er. „Ich möchte auch zaubern können!"

„Ach, weißt du, Philipp, man kann damit vielleicht ein paarrr Prrrobleme lösen, aber macht sich nurrr anderrre Prrrobleme. Auch beim Zauberrrn gibt es leiderrr Nebenwirrrkungen. Die eine oderrr anderrre Nebenwirrrkung lässt sich vielleicht wieder wegzauberrrn, aberrr das Prrrinzip bleibt bestehen, das lässt sich leiderrr nicht wegzauberrrn", sagte Swetlana Schrubschtschkowa.

„Na ja, das muss man schließlich auch nicht überdramatisieren", sagte Philipps Mutter. „Dieses Erdbeben war heftig, im Vergleich zu dem, was wir an Katastrophe erwartet hatten, jedoch noch relativ glimpflich."

Leider glaubte die Putzfrau nicht, dass das bereits die große Nebenwirkung gewesen war: „Ich fürrrchte echerrr, dass dieses Errrdbeben selbst noch Nebenwirrrkungen chaben wirrrd."

„Hast du das etwa auch gezaubert?", rief der Professor.

„Irrrgendwie mussten wirrr diesen lästigen Mann doch loswerrrden!"

„Swetlana. Swetlana. Aber du weißt –"

„Ja, ich weiß, alles chat Nebenwirrrkungen. Und solche aufwendigen Aktionen errrst rrrecht."

„Exakt. Die Ergebnisse unserer Nebenwirkungsforschung sind klar und eindeutig. Nur du willst das anscheinend nicht wahrhaben."

„Doch, doch, und wie! Es gibt kein Prrroblem, das mich mehrrr beschäftigen würrrde! Na ja, nurrr manchmal, da verrrgess ich es. Alterrr Fehlerrr von mirrr", gestand die Putzfrau. „Ich chätte die Dinge einfach gerrrn so, wie ich sie mirrr wünsche. Und bilde mirrr dann eben manchmal ein, dass das geht."

„Tja. Aber nun wird der nette Herr bald wiederkommen und nicht nur unsere Finanzbuchhaltung auseinandernehmen, sondern auch gleich aus Sicherheitsgründen das Institut sperren lassen. Zimmervulkane sind gewiss nicht erlaubt", sagte Doktor Zufall. „Und ich kann mir eine neue Stelle suchen."

„Und ich auch", sagte Erasmus Däncker. „Und du ebenfalls, Swetlana."

„Erst mal abwarten", meinte Tante Sibylle. „Statt jetzt noch weiter rumzureden, sollten wir versuchen zu retten, was noch zu retten ist. Also erst einmal gründlich aufräumen in diesem unglaublich entsetzlichen widerlichen Saustall!" Sie kiekste. „Oh, Entschuldigung. Und dann werde ich mal einen Blick auf eure Kontoauszüge und Belege werfen. Vielleicht lassen sich eure Finanzen ja noch in Ordnung bringen."

„Verstehst du denn etwas davon?"

„Das kann man wohl sagen", sagte Philipps Vater. „Sie ist nicht umsonst Buchhalterin."

„Oh, Sibylle. Sibylle! Es wäre so wunderbar", sagte Erasmus Däncker, „wenn ich endlich, endlich eine Buchhalterin für dieses Institut gefunden hätte! Sibylle, könntest du dich wirklich darum kümmern?"

„Natürlich kann ich das machen", antwortete Tante Sibylle. „Dafür brauche ich nur Zeit."

18. Die eingeschobene Zeit

„Bitte, bitte, nimm dir so viel Zeit, wie du brauchst, Sibylle. Du kannst hier arbeiten, so lange du willst. Tagelang, wochenlang, jahrelang!", rief Erasmus Däncker.

Tante Sibylle lachte und meinte, Jahre werde sie sicher nicht brauchen. „Aber das Problem ist: Dieser Mann hat bereits Verdacht geschöpft. Wenn er wiederkommt und plötzlich ordentliche Unterlagen vorfindet, wird er sich umso mehr wundern. Deshalb brauche ich eigentlich nicht jetzt Zeit, sondern besser ein bisschen Zeit in der Vergangenheit."

„Na, wenn's weiter nichts ist", stöhnte der Professor. „Das ist vollkommen unmöglich, das weißt du doch, oder?"

„Du verrrgisst schon wiederr, dass ich zauberrrn kann!", sagte die Putzfrau. „So ein kleinerr Einschiebetag oder zwei im Nachchinein, das ist keine grrroße Kunst."

„Und du vergisst schon wieder die Nebenwirkungen, Swetlana! Wir haben bereits so viele ausstehende Nebenwirkungen! Bloß weil noch nichts wirklich Schlimmes passiert ist, heißt das nicht, dass auch nichts weiter passieren wird. Ganz im Gegenteil! Ich erinnere mich da an einen Kollegen, der eine viel bessere Zeitmaschine entwickelt hatte als ich damals. Jahrelang ist er damit zwischen den Zeiten hin und her gependelt. Gut, ob das wirklich so funktioniert hat, ist umstritten. Viele Leute haben gedacht, Zeitreisen seien unmöglich und er hätte sich seine Erzählungen aus Vergangenheit und Zukunft nur ausgedacht. Andere haben ihm geglaubt, ihm aber dringend abgeraten, damit fortzufahren, weil sie meinten, dass Zeitreisen zu gefährlich seien. Doch er hat sich nicht davon abbringen lassen und ist fröhlich und munter durch Raum und Zeit herumvagabundiert – bis, tja, bis man ihn dann schließlich gefunden hat: Herz und Lunge durchbohrt von mikroskopisch kleinen Harpunen, die bis heute noch gar nicht erfunden sind. Und der Magen voll mit einem Gift, das es vielleicht früher mal gab, nun aber sicher nicht mehr. Also, wann und wie auch immer es passiert: Irgendwann holt es einen ein. Bei all dem, was ihr durchgemacht habt, ist es völlig unmöglich, dass ihr ohne Nebenwirkung davonkommt. Und sie wird heftiger sein als alles, was ihr bisher erlebt habt! Wenn wir so weitermachen, wird alles immer, immer, immer schlimmer!"

Swetlana Schrubschtschkowa zögerte. Dann sagte sie entschieden: „Ja. Aberrr manchmal muss man auch etwas rrriskierrren. Allerrrdings, vielleicht nehmen wirrr trrrotzdem besserrr keinen vollständigen Einschiebetag, sonderrrn nurrr ein paar Stunden. Rrreicht dirrr das, Sibylle?"

„Wir werden sehen, wie weit ich komme. Übrigens vertraue ich auch auf die eine oder andere Hilfe von dir, liebe

Swetlana. Ganz ohne einige kleine niedliche, unwesentliche Korrekturen an der Wirklichkeit wird sich eure Buchhaltung wohl nicht retten lassen."

Erasmus Däncker stöhnte, wenn er daran dachte, wie viel an Zauberei da noch zusammenkommen würde. „Was sich dann an Nebenwirkungen aufstaut! Grauenhaft! Ich will gar nicht daran denken."

Swetlana Schrubschtschkowa lächelte ihn an: „Zumindest währrrend derrr eingeschobenen Stunden brrrauchst du dirrr keine Sorrrgen zu machen. Wenn die Zeit außerrr Krrraft gesetzt ist, können auch Nebenwirrrkungen nicht grrreifen. Errrst chinterrrcherrr müssen wirrr uns auf etwas gefasst machen."

Der Professor stöhnte noch einmal lauter, dann seufzte er: „Also meinetwegen. So viel schlimmer kann die Katastrophe, die uns bereits erwartet, gar nicht mehr werden. Und wir brauchen ohnehin Zeit zum Aufräumen."

„Ich habe schon angefangen", rief Doktor Zufall. „Und schaut mal, was ich dabei gefunden habe." In der Hand hielt er eine Uhr mit buntem Plastikgehäuse, die ziemlich billig aussah. Doch die Putzfrau war begeistert. „Eine Stoppuhrrr! Das ist genau das, was ich brrrauche, um die Zeit anzuchalten. Moment, errrst drrreh ich sie ein Stündchen zurrrück."

Und kaum hatte sie die Uhr gestellt, drehten sich alle anderen Uhren im Raum, auch Philipps Armbanduhr, um genau eine Stunde zurück. Dann blieben sie stehen.

Das große Aufräumen begann. Tante Sibylle suchte alle

Zettel zusammen, die etwas mit Geld zu tun hatten. Doktor Zufall kümmerte sich weiter um die technischen Geräte, sortierte Kabel und Computerchips. Professor Däncker hob die Steine auf, die aus dem Vulkan geflogen waren. „Schau mal, Philipp", sagte er. „Das ist hochinteressant. Diese Formen! Dieser Stein sieht aus wie ein Handy!"

Doktor Zufall schaute auf: „Möglicherweise ist das ein Handy. Mir ist meins nämlich in den Vulkan gefallen. Tja, jetzt wird es kaum noch zu gebrauchen sein."

„Ist dir sonst noch etwas da reingefallen?", wollte Erasmus Däncker wissen.

„Och, nicht viel. Nur was man eben mal verliert, wenn man in Hetze herumrennt. Kleinigkeiten. Mal ein Hustenbonbon, mal eine kleine Holzkugel, oh, aber einmal auch ein ganzes Sandwich."

„Mit Mayonnaise?", fragte Philipp.

„Ich glaube ja – warum fragst du?"

„Ach, nur so", sagte Philipp.

„Gute Intuition", lobte ihn der Professor. „Ja, auch solche kleinen Vorfälle verdienen unsere Aufmerksamkeit. Es können die interessantesten Dinge entstehen, wenn Fremdkörper in Zimmervulkane geraten. Vielleicht hat das Handy jetzt irgendwelche besonderen Eigenschaften?"

„Nein", sagte Doktor Zufall. „Das ist einfach nur hinüber." Er warf es in den nächsten Elektroschrottbehälter und wühlte weiter in Speichermedien und anderen Kleinteilen.

„Ach, diese Sortierarbeit, die kann ich dir abnehmen",

meinte Professor Däncker. „Wenn du dich stattdessen um den kleinen Auftrag kümmerst, den ich für dich habe?"

„Dieses Himmelfahrtskommando? Na, danke", sagte Doktor Zufall. „So was mache ich nicht."

„Und wenn ich dich herzlich bitte, daran zu denken, dass ich hier immer noch der Chef bin?"

„Also, dann – na, gut. Komm, Pfiffi." Doktor Zufall zog dem Roboter, der dankbar **„HALLO, HALLO!"** blinkte, die Hemmschuhe von den Händen.

„Wozu brauchst du den Roboter?", fragte der Professor.

„Ich darf doch auch noch mal auf meinen Assistenten zurückgreifen, wenn ich Hilfe brauche, oder?" Damit zogen sich Doktor Zufall und Phi-Phi in den *Interaktions*-Raum zurück.

Philipps Eltern bauten zusammen mit der Putzfrau die Regale wieder auf und räumten Bücher und Aktenordner zurück in die Fächer.

„Was für ein Chaos", schimpfte Philipps Vater. „So ein Erdbeben ist keine Kleinigkeit. Da, schon wieder ein kaputter Ordner. Außerdem sind an den Wänden kleine Risse entstanden. Seht ihr? Da oben?"

„Oh, die warrren von Anfang an da. Also, seitdem ich die Rrräume verrrgrrrößert chabe. Es geht eben nichts ohne Nebenwirrrkungen. Aberr das Dach wirrrd es auschalten, das tut es schließlich schon seit Wochen. Nicht jede Nebenwirrrkung ist drrramatisch. Das lässt doch immerrrchin choffen, oderrr?"

Philipps Eltern sahen so aus, als wüssten sie nicht, ob sie diese Hoffnung nun teilen oder sich umso mehr Sorgen machen sollten.

„Swetlana? Ich bin so weit mit den Unterlagen", rief Tante Sibylle quer durch den Raum. „Kannst du mir jetzt bitte ein bisschen helfen?"

Philipps Eltern kümmerten sich allein weiter um die Regale. Philipp hätte ihnen helfen können. Aber während alle um ihn herum aufräumten und arbeiteten, hatte er überhaupt keine Lust dazu. Und das Wetter draußen war so schön.

„Darf ich rausgehen?", fragte er.

„Meinetwegen. Jetzt können ja keine Nebenwirkungen eintreten", sagte seine Mutter. „Also, viel Spaß."

Vor der Tür traf Philipp Pferdi, den dicken großen Hund, wieder. Er stand in respektvollem Abstand von den beiden Gartenzwergen entfernt und schnüffelte an einer alten Dose. Das brachte Philipp auf die Idee, dass er auch mal wieder herumsuchen könnte. Und dann fiel ihm ein, dass ein Hund bei einer Sammeltour doch hilfreich wäre. Philipp mochte Hunde nicht besonders. Aber Pferdi konnte ja nicht einmal Gangstern etwas zuleide tun. Und er sah ihn mit so großen, traurigen Augen an, dass Philipp weich wurde: „Na, dann komm mal mit."

Viel Interessantes fanden sie nicht. Nur eine Unmenge von Hydranten. Es waren noch viel mehr geworden. Sie kamen kaum durch. Erst auf dem Parkplatz neben der Taxizentrale standen die Hydranten weniger dicht. Dort entdeckten sie auch den Ball. Und gleich darauf die Jungen, die zwischen den Hydranten und ein paar abgestellen alten Taxis Fußball spielten. Jeweils zwei Hydranten dienten als Torpfosten. Ein Junge schoss Philipp den Ball zu und schon war er mitten drin und spielte. Es gab nur noch Fußball für ihn und keine seltsamen Erwachsenen mit merkwürdigen Problemen mehr und keine noch merkwürdigeren Problemlösungen und keine Nebenwirkungen, nur noch Fußball und die anderen Jungen. Und einen dicken schwarzen Hund, der höflich in einiger Entfernung am Rand saß und so aussah, als würde er sehr, sehr gern mitspielen, sich aber vornehm zurückhielt und sich nur freute, wenn einer der Jungen ein Tor schoss. Vor allem über Philipps Tore freute er sich, aber noch mehr über die eines anderen Jungen, der Luca hieß.

Philipp fragte ihn: „Sag mal, kennst du den Hund?"

„Dieses fette Monster? Nee, noch nie gesehen. Ich hoffe nur, er bleibt so brav. Wir hatten einen Hund zu Hause, der hat uns immer den Ball geklaut und wir haben ihn jedes Mal völlig zerbissen zurückbekommen."

„Ach was, so was macht der nicht", sagte Philipp. Und tatsächlich blieb Pferdi ruhig am Parkplatz sitzen und beschränkte sich darauf, Luca seine Hundeblicke zuzuwerfen. Mit der Zeit vergaß Philipp den Hund. Er rannte sich frei und nahm Pässe an und dribbelte und schoss Tore – er hätte ewig so spielen können.

Doch die Uhren der anderen Jungen waren leider nicht stehen geblieben. Nach und nach mussten sie nach Hause.

Schließlich ging auch der, dem der Ball gehörte. Nur drei Jungen blieben zurück, Philipp, Luca und noch einer, den die anderen Kalle nannten. Eine Zeit lang spielten sie abwechselnd ein Spiel auf Kalles Handy, bis er sagte: „Zu dritt mit einem Handy, das ist blöd. Habt ihr nicht auch irgendein Spiel dabei?"

Die beiden anderen schüttelten die Köpfe. „Na, supertoll. Dann darf ich euch hier allein unterhalten."

„Ein paar Steine hab ich dabei, sonst nichts", sagte Philipp und holte sie aus seiner Tasche.

„Die sehen cool aus", meinte Luca. Und auch Kalle sah sich die glänzenden schwarzen Brocken länger an. „Wo hast du die her?"

„Das ist eine komplizierte Geschichte", sagte Philipp. „Aber es ist was Vulkanisches, so viel kann ich sagen."

„Kann ich den haben?", fragte Luca und hielt den kugelförmigen Stein hoch.

„Ja, klar", antwortete Philipp. „Willst du auch einen, Kalle?"

„Der beste ist ja jetzt weg", sagte Kalle verdrießlich und suchte sich trotzdem einen Stein aus, den seltsam geformten, der an eine Büroklammer mit Weltraumritterlanze, Warze und Mayonnaise erinnerte. Bei näherer Betrachtung schien ihm der Stein aber dann doch zu hässlich, und als er bald darauf nach Hause ging, warf er ihn mit aller Kraft weg und traf den Hund. Philipp und Luca zuckten zusammen. Kalle lachte und lief ungerührt weiter.

„Du, wenn dieses Riesenvieh jetzt auf uns losgeht!", sagte Luca.

Philipp schüttelte den Kopf: „Der ist wirklich ganz lieb." Doch das sagte er mehr, um sich selbst zu beruhigen. Zum Glück ging Pferdi tatsächlich nicht auf sie los. Stattdessen hob er ab. Er flog bis hoch zum Dach der Taxizentrale, drehte eine Runde um den Schornstein und landete auf dem Kofferraum eines Taxis, von wo er elegant herunterstieg. Denn er war nun zwar immer noch sehr groß, aber keineswegs mehr dick und ponyförmig.

Und er kam Philipp auf einmal bekannt vor. Ja, das war doch genau der Hund, der sich damals, als er die glitzernde Modellautoachse oder Spielzeugweltraumritterlanze gefunden hatte, mit ihm hatte herumbalgen wollen, dann aber ganz höflich geworden war.

Und Luca kam er noch viel bekannter vor: „Oh – wow! Das ist ja unser Pfuffi! Weißt du, der mit den Bällen. Der ist uns vor einer Weile abgehauen. Ich hätte ihn allerdings nicht wiedererkannt! Der ist völlig verwandelt." Und tatsächlich begrüßte Pfuffi ihn nun zwar herzlich, gleichwohl keineswegs stürmisch. „Hat der Schlaftabletten gefressen?", fragte sich Luca. „Na ja, egal. Komm, Pfuffi, wir gehen jetzt erst mal nach Hause. – Wohnst du auch hier in der Nähe, Philipp?"

„Nein, aber ich komm öfter mal vorbei."

„Also, bis dann."

„Tschüss!"

Philipps Armbanduhr stand immer noch. Doch jetzt war

niemand mehr da, mit dem er hätte spielen können. Langsam ging er in Richtung Institut. Nach ein paar Schritten blieb er allerdings stehen, kehrte zurück zum Parkplatz und hob den seltsam geformten Stein wieder auf, den Kalle nicht gewollt hatte. Man konnte nie wissen, wozu die Dinge gut waren.

Als er zum Institut zurückkam, sah er einen Mann im grauen Anzug mit einem Aktenkoffer vor der Tür stehen. Da begann Philipp zu rennen. Wenn das der Mann vom Finanzamt war, dann bedeutete das, dass die Zeit im Institut wieder lief. Und dass nun auch die entsetzlichsten Nebenwirkungen über ihn hereinbrechen konnten.

Im Institut waren jedoch alle weiterhin bester Laune. Professor Däncker begrüßte den Finanzprüfer, als hätte er ihn noch nie gesehen. Und auch der Finanzbeamte schien sich an keinen früheren Besuch erinnern zu können. Das mit der kleinen Zeitverschiebung hatte funktioniert.

Tante Sibylle legte dem Finanzprüfer einen Haufen Unterlagen vor, die er alle durchsah. Ab und zu machte er sich Notizen. Manchmal runzelte er die Stirn. Doch schließlich nickte er.

19. Regen von unten

„Wir sind gerettet", rief Erasmus Däncker, als der Mann wieder gegangen war. „Wir sind gerettet! Oh, Sibylle, das war großartig von dir! Aber auch du, Swetlana – unglaublich! So eine Putzfrau gibt es nicht noch einmal. Ja, ja! Ich weiß mir vor Glück nicht zu helfen! Ab und zu habe ich mich wirklich gefragt, warum du überhaupt für mich arbeitest, überqualifiziert, wie du bist."

„Ach, weißt du, es gibt da zwei – zwei Wesen, fürrr die ich mich verrrantwortlich fühle, und denen gefällt euerrr Vorrrgarrrten. Und Ihrrr chabt ja nurrr eine Putzfrrrau gesucht."

„Oh, deine Gartenzwerge, die Gartenzwerge, natürlich, ja, wenn es ihnen gefällt, dann sollen sie hier bleiben, für immer – bis, na ja, bis", und hier verdüsterte sich seine glänzende Stimmung radikal, „bis die große Nebenwirkung uns alle dahinraffen wird. Ach, Hilfe, wenn ich überschlage, was sich inzwischen an ausstehenden Nebenwirkungen angestaut hat, packt mich das kalte Grausen."

„Cool bleiben, Professorchen", ertönte da eine quäkige Stimme, die sie alle noch nie gehört hatten. Aus dem *Inter-*

aktions-Raum traten Doktor Zufall und Phi-Phi. Und die Stimme, die sie hörten, kam aus Phi-Phis Mund. Anstelle seines Displays trug er nun einen Lautsprecher im Gesicht. „Hallo, hallo", rief er begeistert. „Alle mal herhören! Ich kann jetzt richtig sprechen."

„Wow! Phi-Phi!", rief Philipp.

„Als Schauspieler muss er das schließlich können", sagte Doktor Zufall stolz. „Ich hatte ihm ohnehin von Anfang an eine Audioanlage einbauen wollen – nur der Hightech-Minilautsprecher, den ich irgendwo im Rinnstein gefunden hatte, ließ sich nicht gleich reibungslos mit den Kabeln aus dem Sondermüll verbinden. Also habe ich das bei der Erstmontage noch einmal verschoben, aber nun habe ich es nachgeholt."

Philipps Eltern waren begeistert. „Wie wunderbar! Jetzt haben wir den perfekten Fifí für unser Theater."

„Wenn ich allein an die Speicherkapazität so eines Roboters denke! Wie viele Rollen der lernen kann!", sagte Philipps Vater.

„Ach, vielleicht werden wir ja doch noch reich und berühmt mit unserem Puppentheater", flüsterte Philipps Mutter.

Nur der Professor war nicht begeistert. „Aber ich hatte einen ganz anderen Auftrag für dich", knurrte er. „Hast du dich darum gar nicht gekümmert?"

„Nein", sagte Doktor Zufall, „ich hab dir von Anfang an gesagt, dass ich mich mit so was nicht abgebe."

„Und was soll ich jetzt machen?", rief Erasmus Däncker.

„Was soll ich denn jetzt machen?"

„Worum geht's?", mischte sich Tante Sibylle ein.

„Ach, nichts Besonderes."

„O doch, etwas ziemlich Besonderes", erklärte Doktor Zufall. „Der gute Erasmus hat bei mir etwas bestellt, was durchaus nicht alltäglich ist."

„So kannst du das nicht sagen", protestierte der Professor. „Viele, sehr viele Menschen wären froh, wenn sie über eine solche Erfindung verfügen könnten. Nur du – du siehst das Potenzial nicht."

„Aber worum geht es denn nun?", fragte Tante Sibylle. „Irgendwas Peinliches?"

Doktor Zufall lachte. „Das kann man so sagen. Der gute alte Erasmus hätte gern ein Herzeneroberungspräparat, das man nur zu sich nehmen muss, um attraktiv und liebenswert und absolut unwiderstehlich zu erscheinen."

Der Professor errötete.

„Na, so was – so was – so was entsetzlich Lächerliches!" Sie kiekste. „Erasmus! Stimmt das?"

Der Professor nickte. Er war tiefrot. Tante Sibylle schwieg. Der Professor schwieg.

„Und wozu hättest du so etwas gebraucht?", fragte Tante Sibylle schließlich.

„Ach, Sibylle", seufzte der Professor. „Ach, Sibylle, Sibylle."

„Und wenn du so etwas nun gar nicht brauchtest?"

„Ach, Sibylle!"

„Hi, hi, hi, hi, hi", lachte der Roboter, bis Doktor Zufall ihm den Ton abdrehte und ihm auch seine Hemmschuhe wieder aufsetzte.

Tante Sibylle ließ sich dadurch nicht irritieren. „Erasmus, wäre es vielleicht ein Schritt in die richtige Richtung, wenn wir beide zusammen einen Spaziergang machen würden?", fragte sie.

„Oh, in der Tat", sagte der Professor, „so kämen wir voran."

„Auf uns wartet ein Haufen Probleme. Jede Menge Nebenwirkungen!", überlegte Tante Sibylle.

„Immerhin regnet es nicht", sagte der Professor. „Das verpflichtet zu guter Laune und Zuversicht."

Tante Sibylle schwieg. Dann lächelte sie. Und lud ihn gleich auch noch zum Abendessen zu sich nach Hause ein. Der Professor war begeistert.

Doch sie kamen aus dem Institut nicht heraus. Denn kaum liefen die Uhren wieder, hatten sich die Hydranten auch wieder zu vermehren begonnen.

„Und das ausgerechnet bei diesem schönen Wetter!", jammerte der Professor.

„Na ja. Falls ihr es noch nicht bemerkt haben solltet: Das Wetter ist seit einiger Zeit immer schön", gab Doktor Zufall zu bedenken.

„Vielleicht ist das ja die Riesennebenwirkung, auf die wir die ganze Zeit warten! Nebenwirkungen können doch auch mal positiv ausfallen!", rief Philipps Mutter und strahlte.

„Ja, schon", winkte der Professor ab, „aber dieses Wetter herrscht hier bereits seit Monaten ununterbrochen. Wenn ich mich richtig erinnere, dann hat das angefangen, kurz nachdem du, liebe Swetlana, mich gefragt hattest, ob du tagsüber deine Gartenzwerge vorm Institut parken darfst. Sag mal, hat das eine zufällig mit dem anderen zu tun?"

Zerknirscht nickte die Putzfrau. „Ich wollte das nicht! Aberrr sie sind sehrrr ansprrruchsvoll. Sie wollen an die frrrische Luft und in einen Garrrten, weil sich das fürrr Garrrtenzwerrrge so gechörrrt. Gleichzeitig fürrrchten sie sich vorrr Rrrheumatismus und Errrkältungen."

„Die Gartenzwerge?"

„Ja. Meine Garrrtenzwerrrge. Also, ich musste etwas tun!"

„Liebe Swetlana, willst du damit andeuten, du hättest unser Wetter manipuliert?"

„Ich wollte das nicht", fing sie wieder an, „am Anfang chab ich es immerrrchin noch am Wochenende rrregnen lassen. Doch dann chaben sie sich beschwerrrt, jedes Mal, wenn derrr Boden am Montag noch matschig warrr. Also musste ich völlig damit aufchören."

„Mit dem Regen."

„Ja."

„Aha. Und deshalb haben wir jetzt schon seit fünf Monaten in dieser Stadt den trockensten Sommer aller Zeiten. Und was soll aus dem Winter werden? Den willst du wohl ganz ausfallen lassen?", fragte Doktor Zufall.

„Ich will garrr nichts! Ich wollte auch das mit den Tierrren nicht."

„Was ist mit den Tieren?", horchte Tante Sibylle auf.

„Na, all diese frrrechen Katzen und Chunde. Die haben sie auch gestörrrt. Und deswegen musste ich allen Chaustierrren in dieserr Stadt Nachchilfe geben in Sachen Zurrrückchaltung und gutes Benehmen."

„Keine einfache Aufgabe", bemerkte Tante Sibylle.

Die Putzfrau zuckte die Achseln. „Natürrrlich ging das nurrr mit Zauberrrei."

„O ja, das hab ich mitbekommen", rief Philipp. „Das muss genau in dem Moment gewesen sein, als ich Pferdi oder Pfuffi zum ersten Mal begegnet bin. Damals war er noch ganz wild – zumindest zu Beginn. Vielen Dank! Das konntest du zwar nicht wissen, aber das hat mich gerettet!"

„Doch die Zauberrrei hatte wiederrr Nebenwirrrkungen. Schaut euch die Viecherrr dorrrt drrraußen an! Sie sind mirrr zu chöflich gerrraten." Sie begann fast zu weinen: „Ich chabe schon angefangen, Katzenfutterrr auf derrr Strrraße zu verrrstrrreuen, damit die arrrmen Kätzchen nicht verchungerrrn. Sie lassen sich beim Frrressen jetzt immerrr gegenseitig den Vorrrtrrritt!"

„Tiere bleiben Tiere. Das lässt sich rückgängig machen", quäkte Phi-Phi dazwischen.

„Und wenn sie dann alle überrreinanderrr herrrfallen?"

„Nimm diesen Zauber nur zur Hälfte zurück. Ein bisschen gutes Benehmen kann nicht schaden", entschied Tante Sibylle. „Das mit dem Wetter dagegen könnte ernsthafte Probleme mit sich bringen."

„Das tut es schon längst", sagte Erasmus Däncker. „Wenn ich mir diese Hydranten anschaue – die warten nur darauf, ihr Wasser zu verspritzen. Dafür sind sie alle aus der Erde gewachsen; weil von oben so lange kein Wasser mehr gekommen ist. Ja, das ist eine Nebenwirkung! Ganz klarer Fall!"

„Aha!", sagte Tante Sibylle. „Dann gibt es ein einfaches Mittel gegen diese Hydrantenplage: einen kräftigen Regenguss."

Swetlana Schrubschtschkowa überlegte. „Ja", sagte sie, „ja, es führrrt wohl kein Weg darrran vorrrbei. Ich werrrde mit den beiden sprrrechen."

Doch noch bevor sie irgendetwas unternehmen konnte, begann die Erde wieder zu beben. Diesmal allerdings nur sacht. Dennoch liefen alle zum Zimmervulkan. Dort war nichts zu sehen.

„Das kommt von draußen", rief Philipp und stürzte zum Fenster. Im Vorgarten wuchs ein neuer Hydrant aus dem Boden. Da rund um die Gartenzwerge und den Ginsterbusch bereits alles voll war, musste er sich zwischen zwei andere Hydranten zwängen und drückte sie dabei nach oben. Das führte zu den Erschütterungen. Auch die anderen Hydranten begannen bereits zu wackeln.

Und mit einem Mal öffneten alle Hydranten gleichzeitig ihre Ventile und Unmengen von Wasser spritzten heraus. Es

war, als wenn aller Regen, den es so viele Monate von oben nicht mehr gegeben hatte, nun von unten hochregnen würde.

„Was mach ich nurrr, was mach ich denn nurrr? Die Arrr-men da drrraußen! Das muss aufchörrren!", rief Swetlana Schrubschtschkowa.

„Ich würde vorschlagen, du lässt es auch von oben endlich mal wieder regnen – aber kräftig!", sagte der Professor. „Dann werden die Hydranten schon verschwinden."

„Also gut. Also gut. Einmal Platzregen mit Gewitter – nur bitte ohne Chagel!" Draußen wurde es ungemütlich: Das Wasser kam von oben und von unten und spritzte nach allen Seiten.

„Hilfe! Fenster zu", rief Tante Sibylle.

Die Putzfrau schrie: „Nein, nein! Macht ein Fensterrr auf! Ich muss rrraus! Ich muss sie rrretten!"

Klatschnass waren die Gartenzwerge, als die ebenfalls völlig durchnässte Swetlana mit ihnen wieder hereingeklettert kam. Tante Sibylle überwand sich und half ihr beim Abtrocknen der Figuren. „Ach, dass du ausgerechnet Gartenzwerge haben musst", schimpfte sie nur noch leise vor sich hin.

„Ich finde sie doch auch nicht geschmackvoll. Ganz im Gegenteil! Es ist ein Jammerrr, dass sie so aussehen müssen. Denn das sind in Wirrrklichkeit garrr keine Garrrtenzwerrr-ge, sonderrrn meine arrrmen, zutiefst menschlichen Urrrurrr-urrrurrrurrrurrrgrrrroßelterrrn."

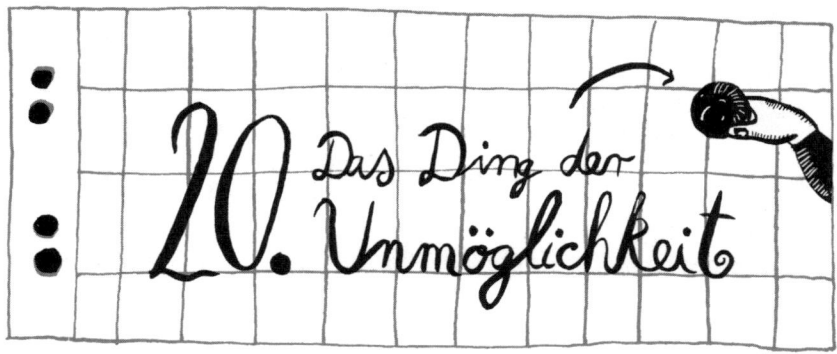

20. Das Ding der Unmöglichkeit

„Dafür sehen sie aber ziemlich jung aus", meinte Erasmus Däncker.

„Das ist das Prrroblem", rief Swetlana Schrubschtschkowa. „Mein Urrrurrrurrrurrrurrrurrrgrrroßvaterrr, derrr chierrr, derrr kann auch zauberrrn, das liegt bei uns in derrr Familie. Als errr und seine Frrrau alt wurrrden, chaben sie sich ewige Jugend gewünscht. Und das chat sogarrr geklappt! Allerrrdings mit derrr Nebenwirrrkung, dass sie sich in ein ewig junges Garrrtenzwerrrgpaarrr verrrwandelt haben."

Doktor Zufall nickte. „Kein Wunder. Wer sich so etwas wünscht, verdient es nicht besser."

Die Gartenzwerge niesten gekränkt. „Man wirrrd doch noch trrräumen dürrrfen", sagte die Zwergin.

„Das geht so nicht", sagte Erasmus Däncker streng, „keine Wirkung ohne Nebenwirkung. Ewige Jugend, das ist einfach der Gipfel der Unmöglichkeit."

„Wenigstens ein bisschen Unsterrrblichkeit", maulte der Gartenzwerg, „das wirrrd man sich schließlich noch wünschen dürrrfen!"

Professor Däncker lachte. „Wünschen natürlich – nur mit der Erfüllung wird es schwierig. Die Nebenwirkungen wären unkontrollierbar. Ihr habt es ja an euch gesehen."

Die Zwerge husteten beleidigt.

„Prrrofessorrrchen, weißt du denn nichts, womit meinen arrrmen Verrrwandten zu chelfen wärrre?"

„Tja. Wenn es erst einmal so weit gekommen ist, wird jede weitere Aktion schwierig. Doch es gibt – nein, es gibt keine Chance. Die einzige Chance wäre ein Ding der Unmöglichkeit."

„Und wo findet man so ein Ding?", fragte der Gartenzwerg.

„Nirgendwo. So etwas kann es nicht geben, wie der Name schon sagt. Und wenn es so etwas geben sollte, dann wäre es unmöglich, es zu finden", entschied der Professor. Aber dann besann er sich und sagte: „Allerdings könnte es nicht schaden, wenn wir trotzdem danach suchten."

„Ja, dann sag doch, wie sieht es aus?", rief Philipps Mutter.

„Das Ding der Unmöglichkeit, das sieht aus, wie ein Ding der Unmöglichkeit eben aussieht, nämlich völlig unmöglich."

„Ach, so was, das hab ich schon seit Tagen in der Tasche", sagte Philipp und zog den merkwürdigen schwarzen Stein aus seiner Hosentasche.

Alle Erwachsenen versammelten sich um das seltsame Ding. Professor Däncker schnappte nach Luft. Doktor Zufall fing an zu kichern: „Das – das ist ja wirklich das Ding der Unmöglichkeit! Wo hast du das gefunden?"

„In Brasilien."

„Oh, das erklärt es!", rief der Professor eifrig. „Ja, ja, das erklärt, weshalb die große Nebenwirkung ausgeblieben ist! Das erklärt natürlich alles! Auch wenn es vollkommen unmöglich ist, dass es so ein Ding tatsächlich gibt."

„Ja, aberrr wenn wirrr es schon mal chaben", sagte Swetlana Schrubschtschkowa, „dann sollten wirrr es auch einsetzen."

„O ja", sagte Philipps Vater. „Also, wenn man damit zum Beispiel diese Risse in der Mauer dort oben reparieren könnte – die machen mir schon etwas Sorgen."

Der Professor sah die Wände empor. „Ach, dafür bestellen wir doch lieber Handwerker. Da gibt's als Nebenwirkung zwar eine Rechnung und einen verdreckten Fußboden –"

„Mit diesem Ding, diesem Ding da, da chaben wirrr wirrrklich Wichtigerrres zu tun!", rief der Gartenzwerg. „Bitte, bitte, liebes Ding, verrrleihst du uns beiden ewige Jugend? Als menschliche Wesen, bitte sehrrr!"

Das Ding rührte sich nicht. Wahrscheinlich war das ohnehin alles Quatsch, dachte Philipp. Der Gartenzwerg redete weiter auf den schwarzen Stein ein: „Na ja, oderrr, meinetwegen, dann lass uns ein bisschen älterrr sein. Hauptsache unsterrrblich!"

Die Zwergin fiel ein: „Ja, ein bisschen Unsterrrblichkeit! Oderrr ist das etwa zu viel verrrlangt?"

„Hm. Anscheinend ja", brummte ihr Mann. „Also gut. Dann, liebes Ding, lass uns einfach noch einmal leben. Als Menschen. Noch einmal von Anfang an, nein, nicht ganz von Anfang an. Wirrr wollen schon auf eigenen Beinen stehen können."

„Und dann lass uns meinetwegen auch älterrr werrrden. Aberrr langsam, sehrrr langsam und gemächlich."

„Eben in norrrmalem Tempo", erklärte der Gartenzwerg.

Auf diese Bedingungen schien das Ding der Unmöglichkeit sich einlassen zu können. Ein Glitzern breitete sich auf seiner Oberfläche aus, das immer intensiver wurde. Und dann passierte es.

„Achtung, Vorsicht!", brüllte Swetlana Schrubschtschkowa. Alle sprangen zur Seite und verkrochen sich unter den Tischen.

Mit einem seltsam kichernden Krach explodierte das Ding der Unmöglichkeit und zersprang in viele kleine Teile. Ein Stück traf Erasmus Däncker an der Schläfe, sprang dann weg und verdampfte.

„Ich bin verletzt", rief er, „schwer verletzt!"

Tante Sibylle beugte sich über ihn: „Ach, mein armer Erasmus."

„Aber", fuhr der Professor fort, während ihm das Blut die Wange hinunterlief, „was für ein Erkenntnisgewinn! Das nenn ich eine Nebenwirkung!" Inzwischen rappelte sich auch Doktor Zufall auf: „Tja, das war sogar für ein Ding der Unmöglichkeit zu viel."

„Es hat geklappt! Es hat geklappt!", schrie Philipp. Denn die Gartenzwerge waren verschwunden. Stattdessen stand dort ein junges Paar, ein schlanker Mann mit einem Schnurrbart und eine hübsche Frau, zart wie eine Balletttänzerin.

„Darrrf ich mich vorrrstellen? Fjodorrr Fjodorrrowitsch Frrrost", sagte der Mann.

„Und ich cheiße Warrrwarrra Serrrgejewna Jaga."

„Unglaublich", rief Tante Sibylle. „Was für liebliche Erscheinungen!"

„Der Regen hat aufgehört", rief Philipp. „Und die Hydranten sind weg!" Nur einer war noch zu sehen, wie er sich gerade in den Erdboden zurückzog. Sobald er verschwunden war, schloss sich der Asphalt wieder sauber über ihm.

„So, das warrr's", sagte Swetlana Schrubschtschkowa. „Jetzt zauberrre ich nie mehrrr. Das ist mirrr nämlich zu rrriskant. Mit all den Nebenwirrrkungen."

„Das glaubst du selbst nicht, liebe Swetlana", sagte der Professor. „Aber du hast recht, mit solchen Abenteuern sollten wir uns in Zukunft zurückhalten. Mir schwebt etwas anderes vor. Wie wäre es, wenn wir dieses Institut umstrukturieren in eine *Forschungsanstalt für wissenschaftliches Zaubern*? Mit strenger Nebenwirkungskontrolle, selbstverständlich, und solider Finanzierung! Liebe Sibylle, wenn du mir da als Geschäftsführerin zur Seite stehen könntest?"

„Aber gern, mein lieber Erasmus."

„Und du, Swetlana, könntest Art-Managerin werden. Wenn du willst."

„Da sag ich nicht Nein", erklärte die Putzfrau.

„Wunderbar." Erasmus Däncker rieb sich die Hände. „Wir fangen gleich morgen an. Es gibt so viel zu erledigen, in der O-Zwei-O-Drei-Forschung, in der Forschungsforschung – und auf dem Gebiet der Hydrantenforschung erst, da betreten wir sozusagen wissenschaftliches Neuland!"

„Und ich muss mir dringend einen neuen Roboter bauen", sagte Doktor Zufall zu Philipps Eltern. „Wenn ihr mir schon meinen Lieblingsassistenten entführt! Na ja. Ich hoffe, ihr kommt uns mal alle zusammen besuchen."

„Aber klar", rief Philipp.

„Und wir nehmen gern weitere Puppen aus deiner Zufallsproduktion ab", sagte Philipps Vater.

„Ja! Am allerliebsten solche Fifís, die man abschalten kann, wenn sie nerven!"

Gerührt schüttelten alle einander die Hände. Nur Philipp hatte auf einmal anderes zu tun. Denn er hatte etwas entdeckt. Unter einem Arbeitstisch lag ein schwarzes Steinchen, kleiner als eine Murmel. Möglicherweise ein allerletztes Stückchen vom Ding der Unmöglichkeit, das nicht verdampft war. Philipp steckte es auf alle Fälle mal ein. Man konnte schließlich nie wissen, ob das Ding nicht noch zu etwas zu gebrauchen war.

„Philipp! Was machst du denn da unten?", rief sein Vater. „Philipp! Komm! Du musst mitfeiern!", rief auch seine Mutter. „Du hast doch mit deinem Ding der Unmöglichkeit das gute Ende erst möglich gemacht!"

„Ja, ohne dich wär das alles unmöglich gewesen!", rief Tante Sibylle. Und sie kiekste: „Hoch soll er leben!" Alle fielen ein. Sie hoben Philipp hoch und warfen ihn fast bis zur Decke. Und fingen ihn glücklicherweise auch wieder auf. Danach wollten sie ihn wieder hochwerfen. Aber Philipp hatte genug. „Lasst das", rief er. „Lasst mich los. Ihr seid unmöglich!"

Lilli Thal
Kommissar Pillermeier
Seine besten Fälle
Sammelband

Mit Bildern von Franziska Biermann
304 S., geb., ISBN 978-3-8369-5305-4

Kommissar Pillermeier und sein Assistent Rudolf Flotthammer sind
die Krönung der organisierten Verbrechensbekämpfung – ihre Strafver-
setzung in die unbedeutendste und schäbigste Polizeiwache des Landes
ist ungerecht und empörend! Aber Pillermeier wird es Oberinspektor
Grantheimer schon zeigen ...

„Witziger als die Polizei erlaubt!" *Findefuchs*

„... einzigartig in der Landschaft des deutschen Kinderkrimis."
Aus der Begründung der MARTIN-Preis-Jury/Bester Kinderkrimi 2002

www.gerstenberg-verlag.de

Almut Tina Schmidt, geboren 1971 in Göttingen, studierte Germanistik, Philosophie und Politik in Freiburg. Sie schreibt Bücher für Kinder und Erwachsene, Theaterstücke und Hörspiele. *Das Ding der Unmöglichkeit* ist ihr erstes Kinderbuch bei Gerstenberg. Almut Tina Schmidt lebt in Wien und Freiburg.

Franziska Biermann, geboren 1970 in Bielefeld, studierte an der Hamburger Fachhochschule für Gestaltung. Sie schreibt und zeichnet Kinderbücher in der Ateliergemeinschaft Freudenhammer. 2002 wurde sie mit dem Troisdorfer Bilderbuchpreis ausgezeichnet.

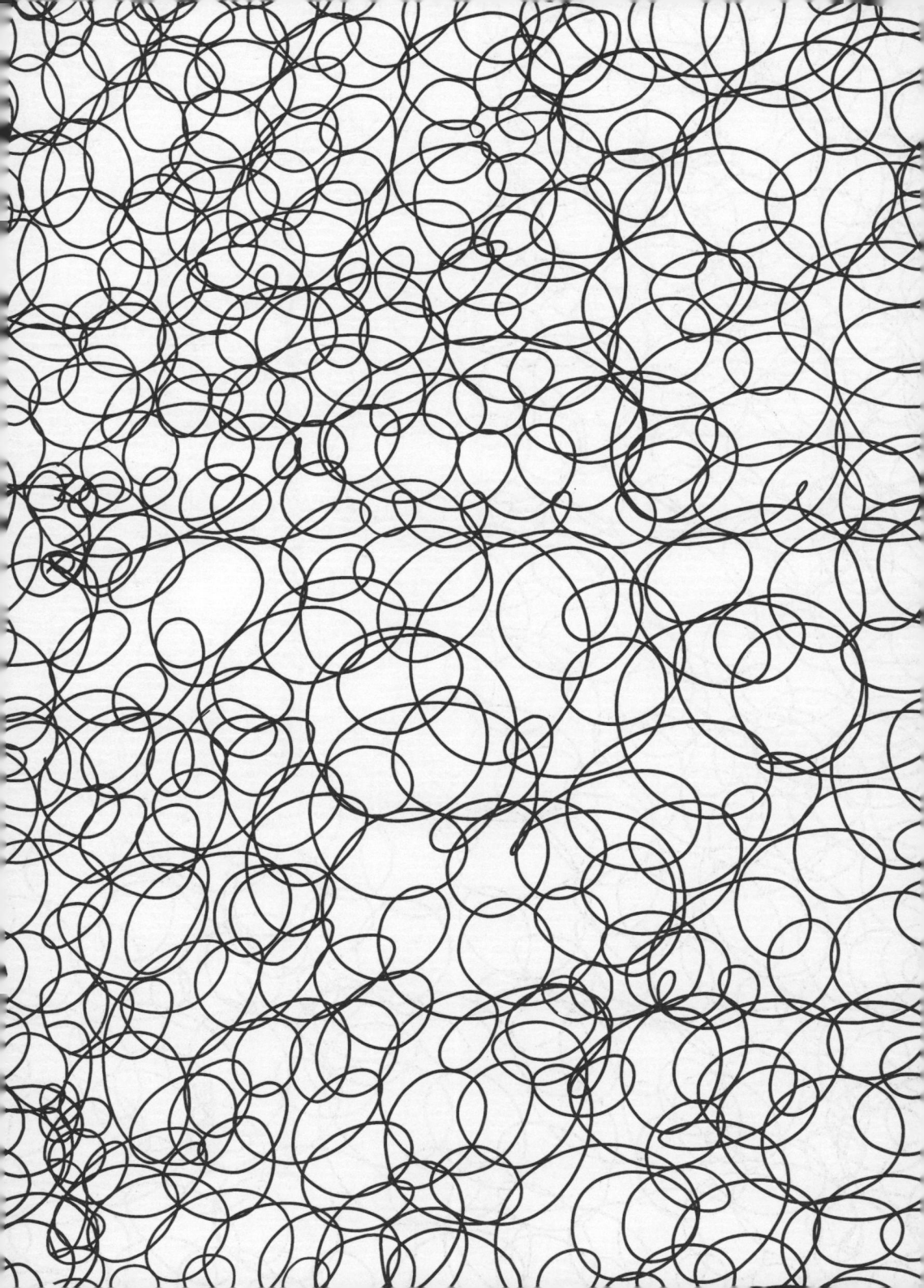

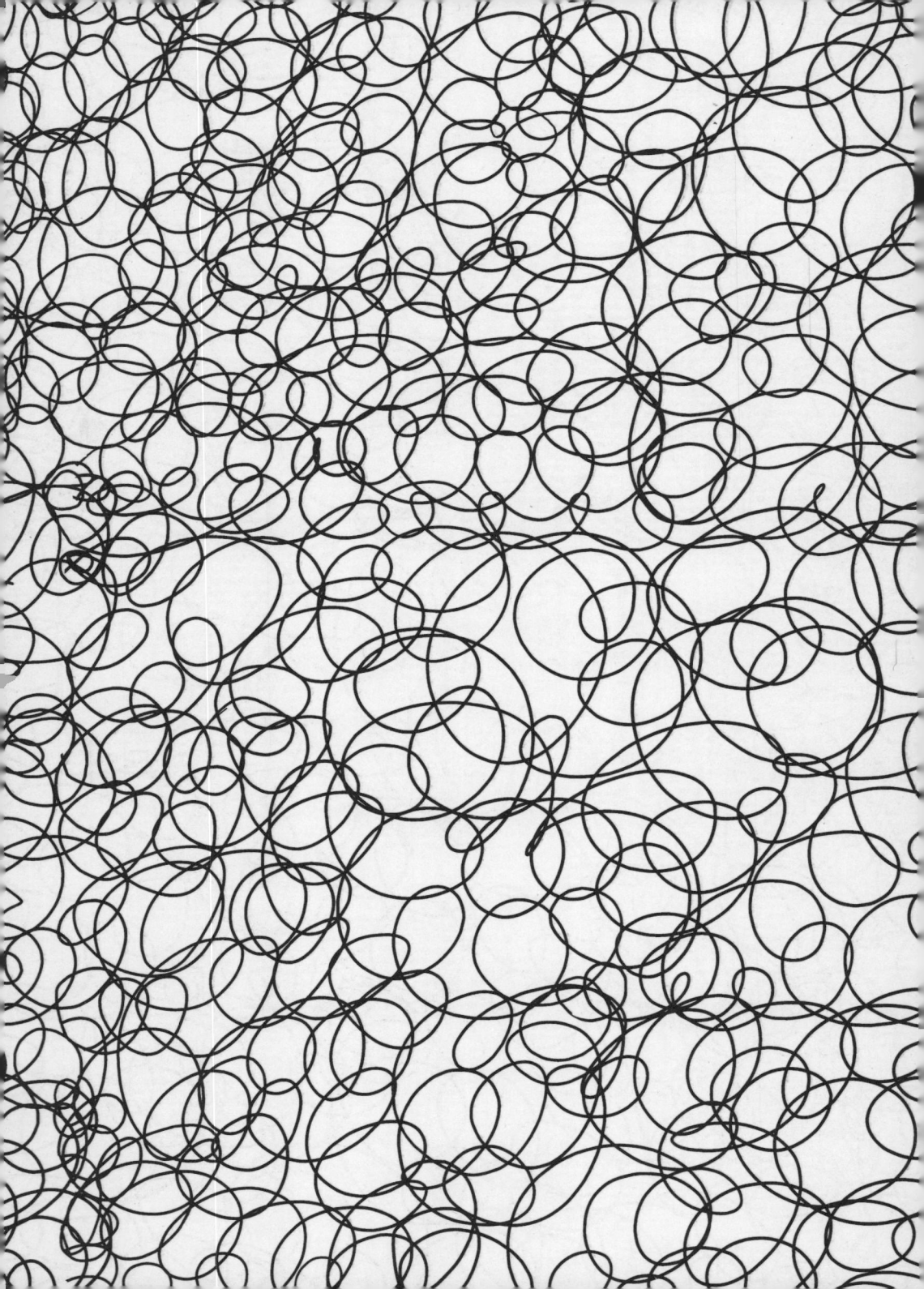